Andreas Schlüter, geboren 1958, ist einer der erfolgreichsten Kinder- und Jugendbuchautoren der letzten Jahre. Gleich sein erstes Buch, ›Level 4 – Stadt der Kinder‹, wurde ein Bestseller. Dieser und alle folgenden Computerkrimis aus der Level-4-Serie sind bei dtv junior im Taschenbuch lieferbar und aus dem Programm inzwischen nicht mehr wegzudenken. ›Level 4.2 – Zurück in der Stadt der Kinder‹ ist ein weiterer Band dieser erfolgreichen Serie und kann auch unabhängig von den anderen Folgen gelesen werden.
Zusätzliche Informationen über Andreas Schlüter und seine Bücher finden sich unter www.aschlueter.de und www.dtvjunior.de zur Verfügung.
Weitere Titel von Andreas Schlüter bei dtv junior: siehe Seite 4

Andreas Schlüter

Level 4.2

Zurück in der Stadt der Kinder

Deutscher Taschenbuch Verlag

Von Andreas Schlüter sind außerdem bei dtv junior lieferbar:
Heiße Spur aus Afrika, dtv junior 70430
Heiße Spur in die Manege, dtv junior 71198
Heiße Spur auf leisen Sohlen, dtv junior 71274
Verliebt, na und wie!, dtv junior 70929
Verliebt, immer wieder, dtv junior 70996
Mörfi – Das Fehler-Versteck, dtv junior 71170
Mörfi – Fehler, Falle, Ferien, dtv junior 71169

Weitere Titel der Level 4-Serie: siehe Seite 272

Ungekürzte Ausgabe
In neuer Rechtschreibung
Februar 2008
Deutscher Taschenbuch Verlag GmbH & Co. KG, München
www.dtvjunior.de

Umschlagkonzept: Balk & Brumshagen
Umschlagbild: Karoline Kehr
Satz: Fotosatz Reinhard Amann, Aichstetten
Gesetzt aus der Futura 11/14,9˙
Druck und Bindung: Druckerei C. H. Beck, Nördlingen
Gedruckt auf säurefreiem, chlorfrei gebleichtem Papier
Printed in Germany · ISBN 978-3-423-71281-1

Seltsamer Fund

Ben öffnete ein Auge. Hoffentlich hatte er noch ein wenig Zeit. Ein Stündchen hätte er gern noch geschlafen oder zwei, so müde fühlte er sich. Noch hatte der Wecker nicht geklingelt; er wusste nicht, wodurch er aufgewacht war. Er schaute auf die Uhr, drehte sich um und wollte weiterschlafen. Es war erst 7 Uhr 53.

7 Uhr 53?

Ben fuhr hoch. Die Anzeige sprang auf 7 Uhr 54. Verdammt! Wieso hatte das Mistding nicht geklingelt? Vor einer Dreiviertelstunde hätte er aufstehen müssen! Spätestens! Sie schrieben eine Mathearbeit! Und zwar in genau sechs Minuten!

Ben schoss aus dem Bett, sprang in seine Hose, zerrte sich das Sweatshirt über den Kopf, suchte humpelnd nach seinen Socken. Das war nicht so einfach zwischen all den Schaltern, Kabeln, Schrauben, Werkzeugen, CD-ROMs und Platinen, die verstreut auf dem Boden lagen. Wie meistens fand er auch diesmal nicht die passenden Socken in dem Chaos und nahm zwei verschiedene. Versehentlich kickte er einen Joghurtbecher um, dessen Inhalt längst Schimmel angesetzt hatte. Schnappte sich das halb volle Glas Cola vom Schreibtisch, stürzte sie in sich hinein und spuckte sie postwendend in die verdorrte Palme, die Jennifer ihm ein halbes Jahr zuvor geschenkt hatte. Die Cola war schal.

Mit dem Arm fegte er einen Stapel Computerzeitschriften vom Schreibtisch. Darunter kamen seine Schulmappen zum Vorschein; einige davon stopfte er in seinen Rucksack und stand im nächsten Moment im Flur.

»Mama?«, rief er. Wieso hatte sie ihn nicht geweckt? Wo steckte sie? Ein zweites Mal rief er nach ihr, hörte dann die Dusche im Bad laufen. Seine Mutter hatte offenbar ebenfalls verschlafen. Eigentlich müsste sie um acht Uhr das Haus verlassen, aber sie duschte noch.

»Ich hab verpennt!«, rief er durch die geschlossene Badtür. »Ich muss los. Wir schreiben 'ne Mathearbeit. Bis heute Abend!«

Er wartete kurz. Es kam keine Antwort, doch darauf konnte er keine Rücksicht nehmen. Die Zeit war zu knapp. »Also tschüss!«, brüllte er, lief hinaus, schwang sich aufs Rad und raste so schnell er konnte in die Schule.

Als er sie völlig außer Atem erreichte, zeigte seine Armbanduhr, dass es zehn nach acht war. Mitteleuropäische Zeit. Die Uhr informierte außerdem darüber, dass es in Tokio 16 Uhr 10, in New York 2 Uhr 10, in Moskau 9 Uhr 10 war, doch darauf achtete Ben in diesem Augenblick nicht. Überhaupt hatte er an diesem Morgen auf nichts geachtet. Nicht auf seine zerzausten Haare, nicht auf seine Hose, die noch offen stand, nicht auf den Verkehr auf dem Schulweg. Nur darauf, so schnell wie möglich zur Mathearbeit zu erscheinen.

Zehn Minuten Verspätung war noch okay. Er beherrschte Mathematik gut genug, um diese kleine Verspätung aufzuholen und alle Aufgaben zu schaffen. Blitzartig schloss er sein Rad an, rannte über den Schulhof und wunderte sich, wie voll der war, obwohl doch der Unterricht längst begonnen hatte. Die Tür seines Klassenraumes stand noch offen. Alle waren da – außer dem Mathelehrer.

»Wie siehst du denn aus?«, grölte Miriam los, als sie Ben entdeckte. »Hast du 'nen Betonmischer geknutscht?«

Ben fuhr sich durchs Haar.

Jennifer kam lächelnd auf ihn zu, umarmte ihn, schmatzte ihm einen Kuss auf den Mund. Ben zog den Kopf beiseite, wie er es meistens tat, wenn Jennifer ihn küsste. Okay, sie waren zusammen, aber deshalb musste man ja nicht ständig in aller Öffentlichkeit knutschen, fand er.

Jennifer hielt ihn fest, als er sich entwinden wollte. »Warte!«, flüsterte sie ihm ins Ohr.

Er spürte, wie Jennifer ihm dezent den Hosenschlitz schloss. »Kommt besser an, glaub's mir«, hauchte sie ihm zu und ließ ihn ziehen.

Ben warf den Rucksack auf seinen Platz. »Wo ist Möller?«, fragte er in die Runde.

»Ich hoffe, er ist irgendwo in einen Gully gefallen!«, antwortete Frank. »Ich versiebe die Arbeit garantiert. Es sei denn, sie fällt aus!« Er sah auf die Uhr. »Immerhin schon fast eine Viertelstunde Verspätung. Da kann der die Arbeit doch nicht mehr schreiben lassen!«

»Das macht er trotzdem!«, war Kolja sich sicher. »Das ist so 'n Arsch!«

»Ich schau mal!«, erklärte sich Miriam bereit, ging hinaus auf den Flur – und prallte gegen Thomas, der gerade um die Ecke kam.

»Guten Morgen!«, rief er fröhlich. Er schien überhaupt nicht zu wissen, dass er zu spät war, oder es machte ihm nichts aus. »Dreimal dürft ihr raten . . .«, begann er.

». . . was du gefunden hast!«, beendeten die anderen den Satz im Chor.

Thomas war ein notorischer Zuspätkommer. Er war berühmt für seine Langsamkeit – und für seine Sammelleidenschaft. Aus Angst, irgendetwas zu übersehen, das auf der Straße lag und das »umsonst war und man sich nur zu nehmen« brauchte, wie er immer sagte, bewegte er sich stets nur mit gesenktem Kopf und im Schneckentempo.

Doch diesmal brauchten die anderen nicht lange auf Thomas' sensationelle Enthüllung zu warten. Er hatte die Arme voll gepackt und breitete die Fundstücke auf dem Tisch aus: drei Regenschirme, fünf Handys, drei elektronische Organizer, vier Schachteln Zigaretten, drei Feuerzeuge, mehrere Bücher und sogar zwei Geldbörsen und eine Taschenuhr.

»Ey, der hat nichts gefunden, der hat 'nen Bruch gemacht!«, wieherte Achmed, der gerade vom Klo kam.

»Das habe ich alles gefunden!«, versicherte Thomas.

Kolja schraubte sich den Zeigefinger gegen die Stirn. »Wo willst du denn das alles gefunden haben?« Er öffnete eine der Geldbörsen und fand siebzig Euro darin.

»Auf der Straße!«, beharrte Thomas. »Das alles hier lag auf dem Weg. Ganz bestimmt. Manches an der Bushaltestelle und . . .«

»Und das gehörte keinem?« Auch Jennifer kamen Thomas' Fundstücke höchst merkwürdig vor. »Da hat niemand was gesagt?«

Thomas zuckte mit den Schultern. »War ja keiner da!«

Kolja griff sich das zweite Portemonnaie, in dem sich noch mehr Geld befand. Er pfiff laut durch die Zähne. »Einhundertfünfunddreißig Euro!«, posaunte er heraus.

»Ich weiß!«, sagte Thomas. Natürlich hatte er sich die Zeit genommen und längst nachgesehen.

»Krass, ey!«, rief Achmed. »Damit kann man ja richtig Party machen, ey!«

Jennifer riss Kolja die Geldbörse aus der Hand. »Nix da! Das Geld wird zurückgegeben. Das Portemonnaie enthält vielleicht einen Ausweis mit Namen und Adresse.«

Achmed zog eine Schnute, aber er schwieg. Jennifer hatte recht, fand er, aber schade war es trotzdem.

Die Unterrichtsstunde lief bereits seit fünfundzwanzig Minuten, aber von Mathelehrer Möller fehlte nach wie vor jede Spur.

Kathrin hatte draußen nach ihm gesehen und kam verwirrt wieder herein. »Kein Lehrer ist da!«, rief sie in die Klasse. »Nicht einer! Alle Schüler hocken in ihren Klassenräumen oder stehen auf dem Schulhof. Aber weit und breit kein Lehrer zu sehen. Auch im Lehrerzimmer ist niemand. Im Büro auch nicht!«

»Krass, ey!«, freute sich Achmed. »Die Lehrer haben

sich in Luft aufgelöst! Vielleicht geht 'ne fette Krankheit um, die alle Lehrer augenblicklich pulverisiert und ...«

»Halt mal kurz das Maul, Achmed!«, befahl Kolja.

Achmed wollte gerade etwas erwidern, hielt dann aber inne. Die Mienen seiner Mitschüler schienen ihm plötzlich auffällig ernst. »Was habt ihr denn, ey?«, fragte er.

Er schaute über die Schulter nach hinten, ob er irgendetwas übersehen hatte. Doch da war nichts. »Ey?«, setzte er nach.

»Das hatten wir schon mal!«, antwortete ihm Miriam.

»Was?«, fragte Achmed. »So eine fette Lehrerkrankheit?«

Miriam schüttelte den Kopf. »Schlimmer!«, sagte sie. »*Alle* waren weg!« Sie machte eine Pause, sah in die Gesichter ihrer Freunde, die an dieselbe Geschichte dachten.

»Du hast doch nicht etwa das Spiel gespielt?«, fragte Jennifer Ben mit ihrem kritischsten Blick. Sie wusste, Ben würde sich jetzt keine Lüge erlauben. Nicht einmal eine Notlüge. »Bist du verrückt?«, entrüstete sich Ben. »Ich besitze es gar nicht mehr. Das Spiel hat Thomas damals mit in seine Garage genommen. Stimmt's, Thomas?«

Thomas nickte.

»Bist du sicher, dass es noch in der Garage ist?«, fragte Jennifer nach.

Thomas zuckte mit den Schultern.

Alle wussten, wovon Jennifer sprach. Bis auf Achmed. Er war erst später in die Stadt gezogen.

»Wovon sprecht ihr?«, fragte er.

Niemand antwortete ihm. Sie sahen sich alle nur ernst an.

»Das glaube ich nicht!«, flüsterte Jennifer. »Bitte lass es nicht geschehen sein!«

»Nein, nein!«, wiegelte Ben sofort ab. Er hielt es für unmöglich, dass sich jemand in Thomas' Garage zu schaffen gemacht haben sollte, um das alte Spiel herauszusuchen. Dann aber fiel ihm sein Weg in die Schule ein. Hatte er denn wirklich keinen einzigen Erwachsenen gesehen, kein fahrendes Auto? Er konnte sich nicht erinnern.

»Am besten, wir schauen nach!«, schlug Miriam vor.

Kaum hatte sie es ausgesprochen, waren alle schon hinausgerannt.

»Was ist denn?«, rief Achmed und lief seinen Freunden hinterher. »Ich verstehe überhaupt nix mehr, ey!«

Miriam kam auf die Idee, zunächst mal auf dem Schulhof nach den Schülern der Oberstufe zu sehen. Sollte wirklich das alte Spiel wieder aktiviert worden sein, dürfte auch von denen keiner mehr da sein.

Sie behielt recht. Die Pavillons der höheren Klassen waren leer, weit und breit war kein einziger Schüler zu sehen.

Bedrückt sahen die Kinder in die leeren Räume, die

den Eindruck machten, als hätte jemand von einer Sekunde auf die andere alle auf einen anderen Planeten gebeamt. Aber sie wussten, dass etwas ganz anderes passiert war: Alle Kinder, also auch sie selbst, waren mitsamt ihrer Stadt Teil eines Computerspiels geworden, in dem es keine Erwachsenen gab, genauer gesagt, niemanden, der älter war als fünfzehn.*

»Moment, ey!«, stotterte Achmed, nachdem Jennifer ihm erklärt hatte, was sie gerade erlebten. »Das kann doch nicht sein, ey. Wie soll denn das funktionieren, ey?«

Ben zuckte mit den Schultern. »Wir haben nie herausbekommen, *wie* es funktioniert, sondern leider nur erfahren müssen, *dass* es funktioniert!«

Achmed fasste sich mit beiden Händen an den Kopf, drehte sich mehrmals um sich selbst und brabbelte vor sich hin: »Ihr meint, alle, die älter sind als fünfzehn, sind verschwunden? Wir sind in unserer Stadt allein? So etwas Krasses, ey! Das kann doch gar nicht sein!«

Jennifer fragte, wieso Ben und Thomas auf ihrem Weg zur Schule nicht bemerkt hatten, dass es keine Erwachsenen mehr in der Stadt gab.

Ben antwortete mit der Gegenfrage, wieso die Mädchen es nicht selbst bemerkt hatten.

»Als ich in die Schule gekommen bin, waren alle noch da!«, schwor Miriam. »Meine Mutter hat mir noch

* Lies nach in »Level 4 – Die Stadt der Kinder«.

mein Schulbrot in die Hand gedrückt. Die Meckertante aus dem Nebenhaus hat wie immer ihren Lockenwicklerkopf aus dem Küchenfenster gestreckt und herumgemosert und ich habe sogar die Krützdoof heute Morgen noch mit dem Auto in die Schule fahren sehen!«

Jennifer nickte. Auch sie hatte ihre Lehrerin, Frau Krützfeld-Loderdorf, vor Schulbeginn noch über den Hof gehen sehen.

Ben erinnerte sich, dass seine Mutter aus der Dusche heraus nicht geantwortet hatte. Vermutlich war sie zu diesem Zeitpunkt schon verschwunden gewesen. Er schlug sich die Hand vor die Stirn: »Scheiße, dann läuft bei mir zu Hause noch das Wasser!«

»Immerhin etwas!«, kommentierte Thomas mit einem Seitenblick auf Kolja. Er erinnerte sich noch gut, wie Kolja damals in der Stadt der Kinder das Wasserwerk besetzt und gefordert hatte, Chef der Stadt zu werden. Ben hatte ihn überlistet und Kolja in einem Labyrinth verschwinden lassen. So waren sie wieder an Wasser herangekommen. Mittlerweile gehörte Kolja aber zu ihrem festen Freundeskreis.

»An der Bushaltestelle, an der ich vorbeigekommen bin, hat kein Erwachsener gestanden!«, fiel Thomas ein. Kurz zuvor am Zebrastreifen aber waren noch Autos gefahren. Also mussten die Erwachsenen so gegen zehn vor acht verschwunden sein. »Um zehn vor acht kam ich an der Haltstelle vorbei. Da habe ich die Taschenuhr gefunden.«

Miriam stutzte. Die Bushaltestelle war keine fünfhundert Meter von der Schule entfernt. Thomas war erst um Viertel nach acht in die Schule gekommen. Das bedeutete, er hatte für diese knapp fünfhundert Meter fünfundzwanzig Minuten gebraucht!

»Ich habe ja auch viel gefunden!«, verteidigte sich Thomas. Jetzt wusste er allerdings auch, weshalb er so viel gefunden hatte. Es waren Dinge, die die Erwachsenen in dem Moment, als die Kinder von einer Welt in die andere katapultiert worden waren, gerade irgendwo liegen gelassen oder nur lose in der Hand gehalten hatten.

»Also was jetzt?«, fragte Frank in die Runde. Er verspürte nicht die geringste Lust, das ganze Abenteuer in der »Stadt der Kinder« noch einmal durchkämpfen zu müssen. Hundert Mal lieber hätte er die blöde Mathearbeit geschrieben.

»Wir müssen so schnell wie möglich in die reale Welt zurückkehren. So viel ist klar«, stellte Ben fest. Nur, wie sollten sie das anstellen?

Jennifer schlug vor: »Erinnert euch an damals. Wir sollten uns zunächst einmal Proviant sichern!«

Die anderen stimmten ihr sofort zu.

»Also ab ins Einkaufszentrum!«, rief Miriam.

Polizei!

Ben ahnte schon beim ersten Schritt ins Einkaufszentrum, dass hier etwas Eigenartiges vorging . . .

Alles wirkte wie immer. Allein das war schon ungewöhnlich.

Frank blieb stehen. Auch er spürte etwas Unheimliches.

»Seid ihr sicher, dass es keine Erwachsenen mehr gibt?«, fragte Achmed.

»Hast du unterwegs welche gesehen?«, fragte Jennifer zurück.

Das hatte Achmed ebenso wenig wie die anderen. Trotzdem schien alles genauso zu funktionieren wie sonst. Und dennoch: Irgendetwas war anders . . .

Das war auch Jennifer und Miriam aufgefallen. Obwohl sie nicht hätten sagen können, was das Besondere ausmachte. Was war hier passiert?

Achmed riss sie aus ihren Gedanken. »Krass, ey. Dann gibt es ja auch keine Verkäufer mehr. Geil, los, dann können wir doch . . .«

Kolja packte Achmed hart am Arm und sah ihn ernst an. »Mach jetzt keinen falschen Fehler!«

»Was denn, ey?«, beschwerte sich Achmed. »Ich meinte doch nur . . .«

»Wir haben das alles schon mal erlebt!«, erinnerte

ihn Miriam. »Was wir jetzt wirklich nicht brauchen können, ist genau das Chaos, das du gerade anrichten willst! Glaub uns einfach und bleib ganz cool, okay?«

»Ja, ey! Schon gut!«, maulte Achmed.

»Wir sind hier, um Lebensmittel zu sichern!«, erinnerte Ben die anderen. »Kein Chaos, keine Schlachten, keine Modeschauen, einfach nur Lebensmittel sichern!«

»Okay, okay!«, versprach Achmed und hob versöhnlich die Hände.

Thomas bog nach rechts ab zum Gemüseladen, sah sich die Auslage an und schnappte sich einen Apfel.

»Finger weg!«, schrie ihn jemand an.

Thomas erstarrte mit offenem Mund.

»Erst zahlen, dann essen!«, fauchte die Stimme. Eine Hand entriss Thomas den Apfel und legte ihn zurück in die Auslage.

Thomas benötigte ohnehin immer etwas länger als andere Menschen, ehe er eine Reaktion zeigte. Jetzt aber schienen Minuten zu vergehen, ehe er begriff, was er soeben erlebt hatte.

Verdutzt zeigte er mit dem Finger auf die Person, die ihm den Apfel geraubt hatte, und stotterte: »Das ... das ... war doch ein Kind!«

Miriam hatte die Szene beobachtet und war ebenso fassungslos. Sie ging einen Schritt auf Thomas zu, da erschien der kleine Knirps mit der grünen Schürze schon wieder vor dem Eingang des Gemüseladens, stützte die Hände in die Hüften und bellte: »Die Äpfel kosten ein Euro das Stück. Untersteht euch, einen zu stehlen!«

»*Ein* Euro für einen *Apfel*?«, empörte sich Frank und vergaß ganz, dass er es nicht mit einem Verkäufer, sondern mit einem Kind zu tun hatte. »Ist der aus purem Gold?«

»Andere Zeiten, andere Preise!«, antwortete ihm der Knirps keck.

Thomas sah Hilfe suchend Miriam an, die sich allerdings auch erst einmal einen Moment besinnen musste, ehe sie blaffte: »Dir haben sie wohl ins Gehirn gehustet. An wen sollen wir denn zahlen? Ist dir schon aufgefallen, dass es keine Verkäufer mehr gibt, du Zwergenhirn?« Sie griff nach einem Apfel.

»Finger weg!«, schrie der Knirps. »Oder ich rufe die Polizei!«

Kolja packte den Kleinen sofort am Kragen und schüttelte ihn durch.

Miriam nahm sich einen Apfel. »Was denn für eine Polizei? Es sind keine Erwachsenen mehr da, du Gurkenkopf. Begreif das endlich. Und die Lebensmittel sind für uns alle da!« Demonstrativ biss Miriam in den Apfel.

»Jetzt langt's!«, piepste der Knirps. Er fischte sich ein Handy aus der Schürzentasche, drückte eine Taste und keine zwei Minuten später standen drei weitere Kinder am Gemüsestand. Von Kopf bis Fuß in Polizistenuniformen gekleidet.

»Gibt es hier ein Problem?«, fragte das größte der drei Kinder. Er war noch ein Stückchen größer und breiter als Kolja.

Achmed und Kolja sahen sich an. Frank hob die Augenbrauen und stellte sich auf Ärger ein. Miriam rieb sich die Augen, weil sie glaubte, sie träumte, und Thomas rief sofort: »Die haben eine Wache geplündert! Wieso bin ich nicht auf die Idee gekommen? An Uniformen kommt man sonst nie heran!«

Der große Polizist wandte sich an Miriam: »Sie haben einen Apfel genommen und wollen ihn nicht bezahlen?«

Miriam hörte auf zu kauen. Ihr Mund stand offen. Sie war sprachlos, was bei ihr höchst selten vorkam.

»Voll krass, ey!«, Achmed spuckte dem Polizistenkind vor die Füße. »Ich glaub, ich bin im falschen Film.«

Ben merkte auf. Falscher Film? Während sich der Streit zwischen seinen Freunden und den kleinen Polizisten hochschaukelte, stahl er sich einige Schritte zurück und sah sich um. Drüben beim Fischladen stand ein Kind in weißer Schürze und diskutierte mit zwei Mädchen, welche Fische die frischesten wären. Schließlich wickelte er ihnen einen Fisch ein und kassierte ab. Ein Junge und ein Mädchen schlenderten Arm in Arm an den Schaufenstern vorbei, blieben vor dem Juwelier stehen und betrachteten sich die Eheringe. Vor dem Sportgeschäft meckerte ein größerer Junge mit zwei kleineren, weil diese vor dem Laden mit einem Basketball spielten. Ein Mädchen verkaufte am Eisstand und zwei weitere sortierten die T-Shirts auf dem Auslagetisch vor der Boutique. Und dort hinten zog sich sogar ein Junge Geld aus dem Geldautomaten.

Ben kratzte sich am Kopf. Was geschah hier?

Währenddessen ging der Streit mit dem Gemüseknirps und den Polizisten weiter.

»Wollen Sie den Apfel nun zahlen oder nicht?«, raunzte der Polizist Miriam an. »Sonst müssen wir Sie mitnehmen!«

Miriam schnappte nach Luft.

»Ich mache dich gleich platt, du Kasper!«, ging Kolja auf den Polizisten los.

Doch plötzlich zog der eine Pistole, richtete sie auf Kolja und schrie: »Alles stehen bleiben. Oder ich schieße!«

Erschrocken blieb Kolja stehen. Er hatte nun keinen Zweifel mehr, es mit einer Handvoll Psychopathen zu tun zu haben.

»Nehmt sie fest!«, befahl der Polizist mit der Pistole den beiden kleineren Polizisten, die sofort zur Tat schritten und Miriam Handschellen anlegten.

»So ist es recht!«, freute sich der Gemüseknirps.

»Zahl den Apfel!«, rief Ben Miriam zu.

Miriam wandte sich zu ihm um. »Ich denke überhaupt nicht dran. Die haben doch einen kompletten Dachschaden hier!«

Der Meinung waren auch die anderen. Sie wagten aber nicht einzuschreiten, weil der eine Durchgeknallte noch immer eine Pistole in der Hand hielt. Miriam wusste, bei der kleinsten Unaufmerksamkeit des Polizisten würden ihre Freunde über die drei Uniformierten herfallen und ihnen eine Tracht Prügel verabreichen, die sich gewaschen hatte.

»Bezahl den Apfel trotzdem!«, drängte Ben. Er konnte seinen Freunden in diesem Moment nicht erklären, was ihm durch den Kopf ging. Wichtig war, zunächst einmal wohlbehalten aus dieser Situation herauszukommen.

»Zu spät!«, raunzte der Polizist mit der Waffe und befahl seinen Begleitern: »Abführen!«

Die beiden Hilfspolizisten gaben Miriam einen Stoß, damit sie sich in Bewegung setzte. Doch Miriam dachte überhaupt nicht daran. Sie trat einem der Bewacher kräftig gegens Schienbein. »Fass mich nicht an, du Ätzbeutel!«

Das war die Chance, auf die die anderen gewartet hatten. Der Polizist mit der Waffe ließ sich einen Moment von Miriam ablenken. Diese kurze Unaufmerksamkeit genügte Frank. Mit einem blitzschnellen, gezielten Karatetritt schlug er dem Jungen die Waffe aus der Hand. Mit einem zweiten Schlag verpasste er ihm eine blutende Nase. Sofort stürzte Kolja sich auf den zweiten Polizisten und Achmed nahm sich den vor, den Miriam gerade getreten hatte.

»Alarm!«, schrie der Gemüseknirps.

»Macht mich los!«, forderte Miriam, die noch immer in Handschellen war.

Mit Kennerblick sah Thomas sofort, wo sich die Schlüssel befanden: am Gürtel des Polizisten. Er rief es Kolja zu, der seinem Gegner den Schlüssel entriss und ihn Jennifer zuwarf. Kaum hatte Jennifer die Handschellen gelöst, sah Ben schon das nächste Unheil auf sie zukommen. Eine ganze Horde uniformierter Kinder stürmte auf den Gemüseladen zu. Es waren nicht weniger als fünfzehn oder zwanzig Kinder, schätzte Ben.

»Wir müssen hier weg!«, schrie er.

Kolja und Achmed verpassten ihren Gegnern jeweils noch einen gezielten Schlag, Frank jedoch hatte schwer zu kämpfen, denn sein Gegner prügelte mit einem Schlagstock um sich. Frank duckte sich schließlich weg und nahm nun ebenfalls die Beine in die Hand.

Ben, Frank, Jennifer, Miriam, Kolja und Achmed rannten zum Ausgang des Einkaufszentrums, wo Ben plötzlich stehen blieb. »Verdammt, wo ist Thomas?«

»O Mann!«, fluchte Kolja. »Immer muss man auf diese lahme Ente warten!« Er machte kehrt, um Thomas entgegenzugehen, doch schon nach wenigen Schritten blieb er stehen. Nicht Thomas, sondern der Polizistentrupp kam angelaufen.

»Scheiße!«, stieß Kolja aus. »Jetzt aber nichts wie weg!«

»Wohin?«, fragte Miriam in die Runde.

»Mir nach!«, rief Ben, rannte um die nächste Ecke und wäre beinahe über Thomas gestolpert.

»Wo bleibt ihr denn?«, fragte Thomas.

»Mann, wo kommst du denn her?«, schrie Kolja.

»Das Zoogeschäft hat einen Hinterausgang, siehst du?« Thomas zeigte zu dem Laden, der vorn und hinten eine Glasfront hatte und von beiden Seiten begehbar war.

Jetzt sprang die vordere Glastür des Ladens auf und ein Trupp Polizisten stürmte durch das Geschäft.

Kolja entdeckte einen Mülleimer aus Draht. Eilig drehte er ihn um und verkeilte den drahtigen Fuß so im Türgriff, dass sich die Klinke nicht mehr drücken ließ. Der erste Polizist hatte die Tür erreicht, rüttelte daran, aber Koljas Blockade hielt. Er streckte seinem Verfolger den gestreckten Mittelfinger entgegen und folgte seinen Freunden, die schon vorangelaufen waren.

Unterwelt

Vor dem Einkaufszentrum fanden Ben und seine Freunde ein wenig Zeit zum Verschnaufen. Noch immer konnten sie nicht recht glauben, was sie gerade erlebt hatten. Die Stadt war offenbar komplett von Kindern übernommen worden, die die Aufgaben der Erwachsenen ausführten, als hätten sie nie etwas anderes getan. Das Eigenartige war, wie perfekt die Kinder die Plätze der Erwachsenen eingenommen hatten, obwohl die Erwachsenen doch erst seit wenigen Stunden verschwunden waren. Es war unmöglich, in so kurzer Zeit eine ganze Stadt neu zu organisieren und die Aufgaben entsprechend zu verteilen, schon gar nicht, ohne dass nicht irgendwo Streit und Chaos entstand. Ben erinnerte sich, wie schwer es damals gewesen war, nur eine Handvoll Kinder zusammenzubekommen, die bereit gewesen waren vernünftig zu handeln, statt gleich das gesamte Einkaufszentrum zu plündern.

Ben erklärte Achmed, der damals nicht dabei gewesen war, dass die Aufgabe im Computerspiel **Die Stadt der Kinder** darin bestanden hatte, die Stadt und das tägliche Leben ohne Erwachsene zu organisieren. »Vielleicht«, so vermutete Ben nun, »hat jetzt jemand das Spiel wieder gespielt. Der Spieler hatte die Kinder bereits organisiert! Und nun sind wir in diese fertig aufgebaute Organisation hineingeplatzt!«

Jennifer fragte sich allerdings, weshalb sie später als die anderen Kinder hierhergekommen waren, worauf Miriam von einer zweiten seltsamen Beobachtung berichtete: »Kanntet ihr irgendeines der Kinder in dem Einkaufszentrum?«

Ihre Freunde schüttelten die Köpfe. Niemandem war eines der Kinder bekannt, die als Verkäufer, Polizisten oder Lagerarbeiter agierten.

»Das ist doch seltsam!«, fand Miriam. »Von unserer gesamten Schule war offenbar niemand dabei!«

»Und die Schule selbst funktionierte nicht«, fiel Frank auf. »Wir haben das doch selbst gesehen: Alle Schüler standen ratlos auf dem Schulhof, die Lehrer fehlten, aber sonst passierte nichts!«

»Stimmt!«, pflichtete Jennifer ihm bei. »Wenn das dort so abgelaufen wäre wie hier im Einkaufszentrum, hätten einige Kinder als Lehrer auftreten müssen!«

»Krass, ey!«, fiel Achmed dazu ein. »Kinder als Lehrer, ey. So weit kommt das noch!«

»Wer immer das Spiel gespielt hat, fand es offenbar nicht besonders wichtig, die Schule zu organisieren«, lautete Bens Erklärung.

»Dann kann es kein ganz schlechter Mensch sein!«, fand Miriam. Sie erntete allerdings sofort Widerspruch von Jennifer.

»Was soll daran toll sein, Kinder verblöden zu lassen?«, fragte sie. »Ich wette, der Blödmann, der das spielt, hat sich auch nicht um Museen, Galerien und Bibliotheken gekümmert!«

»Museen, Bibliotheken?«, fragte Achmed. Museen und Bibliotheken wären das Letzte gewesen, worum er sich als Spieler gekümmert hätte.

»Hattet ihr damals euer Hauptquartier nicht in der Schule?«, fragte Kolja in die Runde.

Thomas nickte ihm heftig zu. Denn das war damals seine Idee gewesen.

»Na also!«, sagte Kolja »Und da die Schule diesmal anscheinend nicht im Spiel vorkommt, können wir uns doch dort erst mal in Ruhe versammeln!«

Sein Vorschlag stieß auf Zustimmung. Sofort machten die Kinder sich auf den Weg. Kaum hatten sie das Einkaufszentrum hinter sich gelassen, als sie schon von Weitem eine Sirene hörten.

»Die Bullen!«, war Kolja sofort klar.

Tatsächlich schoss ein Polizeiwagen mit Blaulicht um die Ecke. Das Auto raste durch die Straße, fuhr dabei seltsame Schlangenlinien, stoppte abrupt, fuhr wieder an, stoppte wieder, startete erneut. Der Wagen stotterte, röchelte, blieb dann ganz liegen.

»Die sind besoffen, ey!«, glaubte Achmed.

»Nein, die können nur nicht Auto fahren!«, widersprach Miriam.

Jetzt startete das Auto mit quietschenden Reifen und

knallte gegen ein anderes Auto, das mitten auf der Straße stand.

»Vollcrash!«, johlte Achmed.

Miriam schüttelte den Kopf. Sie war neben Kolja die Einzige der Gruppe, die Auto fahren konnte.

Auf der anderen Straßenseite hatten zwei Kinder den Unfall ebenfalls mitbekommen. Als sie sahen, dass sich niemand verletzt hatte, machten auch sie sich über die Fahrkünste der Polizisten lustig.

Die beiden Uniformierten sprangen daraufhin aus ihrem Wagen, zogen ihre Gummiknüppel und begannen wild auf die lachenden Kinder einzuschlagen.

»Die haben wohl 'ne Macke!«, empörte sich Miriam. Sie sprintete über die Straße und rief den Polizisten zu, sofort die Prügelei zu beenden.

Die Polizisten zeigten keine Reaktion.

Jennifer war sofort klar, dass auch Miriam gleich in Schwierigkeiten stecken würde. Sie folgte ihrer Freundin, auch die anderen kamen nach, um Miriam beizustehen.

Frank erreichte die andere Straßenseite, als einer der beiden Polizisten gerade auf Miriam einschlagen wollte. Frank warf sich dazwischen, packte den Arm des Polizisten, drehte ihn auf den Rücken. Mit der anderen Hand krallte er dem Polizisten in die Haare, schlug ihm die Beine weg und hatte ihn auf dem Boden liegend in seiner Gewalt.

»Alarm! Überfall!«, schrie der andere Polizist in sein

Funkgerät. Mehr konnte er nicht sagen. Mit zwei gezielten Schlägen hatte Kolja ihn zur Strecke gebracht.

»Das kommt euch teuer zu stehen!«, röchelte der Polizist am Boden.

Jetzt hatte auch Thomas die andere Straßenseite erreicht. Er mischte sich nicht in die Prügelei ein, sondern hatte sogleich das Polizeiauto in seinen Besitz genommen. Gerade rechtzeitig bekam er mit, wie jemand in der Zentrale über Funk den gemeldeten Überfall weitergab und sofort drei weitere Polizeiwagen zur Unterstützung losschickte.

»Wir sollten sehen, dass wir hier wegkommen!«, rief er den anderen zu.

»Okay!«, entschied Jennifer schnell. »Miriam ans Steuer! Die anderen zusammenrücken, und dann nichts wie weg!«

Mit sieben Personen wurde es sehr eng in dem Polizeiwagen, aber es ging. Frank hielt noch immer den Polizisten fest, als die anderen schon eingestiegen waren. »Was mache ich denn mit dem?«, fragte er.

»Den nehmen wir mit!«, entschied Ben. »Er kann uns einige Fragen beantworten!«

»Bist du verrückt?«, widersprach Miriam. »Der passt doch nicht auch noch hier rein!«

Frank lächelte ihr zu. »Das mache ich schon!«, sagte er, bugsierte den Polizisten in den Kofferraum und zwängte sich zu Jennifer auf den Beifahrersitz.

Miriam düste los.

»Bedien den Knopf dort!« Thomas zeigte auf das Armaturenbrett.

Miriam tat ihm den Gefallen. Zusätzlich zum Blaulicht begann nun noch die Sirene zu heulen.

»Idiot!«, schimpfte Kolja. »Wir sind doch auf der Flucht, Mann! Auffälliger geht's ja wohl nicht!«

Erst als Kolja dies sagte, wurde den anderen die Situation bewusst. Sie waren offensichtlich in eine komplett organisierte Stadt hineingeraten, die von einer starken Polizei überwacht wurde. Sie waren schon wegen Ladendiebstahls verfolgt worden und befanden sich nun auf der Flucht, weil sie zwei Polizisten niedergeschlagen und einen Polizeiwagen gestohlen hatten. Wer immer diese Stadt organisierte, in dem herrschenden System gehörten sie nun zweifellos zur Unterwelt.

Ein neues Level

In der Schule hatte sich nichts verändert, außer dass ein Großteil der Schüler das Warten auf die Lehrer aufgegeben hatte und nach Hause gegangen war. Nur wenige waren in der Schule geblieben und warteten auf Ben und seine Freunde.

Der kleine Max lief auf Jennifer und Miriam zu. »Die sagen alle, die Erwachsenen sind schon wieder weg. Stimmt das?«

Auch er hatte das Abenteuer in der Stadt der Kinder seinerzeit miterlebt und war wie alle froh gewesen, als es vorbei war.

»Ja, es stimmt!«, sagte Jennifer und strich ihm über den Kopf.

»Das dachte ich mir«, sagte der kleine Max mit trauriger Stimme. »Wir haben schon angefangen, die Matten in der Turnhalle auszulegen!«

Ben schmunzelte. Beim ersten Abenteuer hatten sie in der Turnhalle eine Schlafstätte für alle eingerichtet. Offenbar wollte Max es wieder so haben.

»Gut gemacht!«, lobte er. Trotzdem ahnte er, dass dieses Mal das Problem nicht auf die gleiche Art zu lösen war wie damals. Als Erstes mussten sie herausbekommen, was hier vorging.

»Sind Polizisten hier gewesen?«, fragte er Max.

»Polizisten?«, wunderte sich Max. »Ich denke, die Erwachsenen sind verschwunden?«

»Also nicht!«, interpretierte Frank die Antwort.

»Wir machen es zunächst wie damals!«, schlug Ben vor. »Miriam, du besorgst Lebensmittel und . . .«

»Wie denn?«, warf Miriam sofort ein. »Ich kann die nicht bezahlen!«

Daran hatte Ben nicht gedacht. Die Stadt funktionierte diesmal ganz anders. Alle Posten waren besetzt. In den Läden gab es Verkäufer. Eine starke Polizei kontrollierte die Stadt. Wie sollten sie ohne Geld an Lebensmittel herankommen? Wie sollten sich die Kinder der Stadt ernähren?

Ben erinnerte sich an den Jungen, der Geld aus dem Automaten gezogen hatte. An das kindliche Pärchen, das sich Eheringe angeschaut hatte. Wo hatten die das Geld her?, fragte er sich.

»Wieso?«, wunderte sich Thomas über die Fragen. »Das ist doch ganz einfach: die arbeiten. Wie Erwachsene es auch machen! Ihr habt es doch gesehen: Es gibt Verkäufer, Polizisten . . .«

»Aber woher können die das?«, präzisierte Ben seine Zweifel.

Wenn eine ganze Stadt mehr oder weniger reibungslos funktionierte, als wären Erwachsene da, ging etwas nicht mit rechten Dingen zu.

»Man müsste mal jemanden fragen, wie das Ganze hier funktioniert!«, meinte Ben. Kaum hatte er das ausgesprochen, fiel ihm ein: »Himmel, wir haben noch den Polizisten im Kofferraum!«

Kolja und Achmed grinsten sich an und liefen los, um den Gefangenen aus dem Kofferraum zu holen. Sie kamen zu spät. Der Wagen stand mit offener Kofferraumklappe vor der Schule. Der Polizist war verschwunden.

Untergrund

Die Kinder versammelten sich im Musikraum. Thomas zählte die Gruppe durch. Sie waren 54 Personen. In dem Moment kamen Achmed und Kolja herein und berichteten, dass der gefangene Polizist sich befreit hatte. Allen war klar: Er würde zurückkommen, und zwar mit Verstärkung.

Damit war die Schule als Unterschlupf zu unsicher geworden. Nicht nur Thomas ärgerte sich darüber. Nirgends würden sie so optimale Bedingungen vorfinden wie in der Schule: genügend Platz, Duschen, Toiletten und eine komplette Küche.

»Lasst uns trotzdem erst einmal hierbleiben«, meinte Jennifer. »Miriam und ich schauen uns in der Stadtbücherei und im Museum um. Vielleicht können wir dorthin umziehen! In der Zwischenzeit könnt ihr doch schon mal Lebensmittel besorgen!«

»Wie denn?«, fragte Ben.

Frank griff in seine Hosentasche und fand dort fünf Euro. Er legte den Schein auf einen Stuhl und forderte die anderen auf, ebenfalls ihr gesamtes Bargeld hervorzuholen. Es kamen dreihundertzwölf Euro und achtundsiebzig Cent zusammen.

»Krass, ey!«, freute sich Achmed. »Davon kann man voll fett einkaufen!«

Miriam lachte auf. »Du warst wohl noch nie einkaufen! Was meinst du, wie schnell die Kohle weg ist, wenn man für . . . wie viele sind wir?«

»54!«, antwortete Thomas.

». . . für 54 Personen einkauft!«

Achmed zuckte mit den Schultern. Er hatte mal an einem großen Hochzeitsfest seines Cousins teilgenommen, erzählte er. Dort waren 120 Gäste gewesen. Sein Onkel hatte drei Lämmer geschlachtet und . . .

»Das kommt nicht infrage!« Der Einwand kam von Kathrin. »Wir werden kein Tier töten!«

»Wieso das denn nicht, ey?«, wunderte sich Achmed. »Wie sollen wir uns denn sonst ernähren?«

»Wir holen Essen aus den Supermärkten!«, verlangte Kathrin.

Achmed tippte sich an die Stirn. »Meinst du, die Rinder, aus denen die Supermarkt-Steaks gemacht sind, haben sich alle selbst umgebracht?«

»Von mir aus brauchen wir überhaupt kein Fleisch!«, entgegnete Kathrin, aber sie wusste, dass ihr Vorschlag keine Mehrheit finden würde.

Noch bevor Achmed, Frank, Kolja und einige andere Jungs auf sie losgehen konnten, willigte sie ein, vorhandenes Fleisch zu kaufen, lehnte es aber nach wie vor ab, dass extra ein Tier geschlachtet werden würde.

Murrend stimmten die anderen zu; weniger, um Kathrin einen Gefallen zu tun, sondern mehr, weil sich niemand wirklich getraut hätte, ein Tier zu töten.

»Ob auf dem Schlachthof auch Kinder arbeiten?«, fragte sich Jennifer.

Kathrin quiekte auf. Das wollte sie gar nicht wissen. Achmed nutzte die Gelegenheit, um sich an Kathrin zu rächen. »Bestimmt, ey!«, vermutete er. »Vielleicht gibt es dort jetzt neue Spezialitäten wie Löwenfleisch und . . . !«

»Der Zoo!«, schrie Kathrin. Ihr Gesicht war rot angelaufen. Schweißperlen bildeten sich auf ihrer Stirn. Man sah ihr förmlich an, wie sie sich vorstellte, dass eine Horde fieser, kleiner Schlachter mit blutigen Schürzen und gewetzten Messern einen Marsch auf den Zoo unternahm, um alles, was sie für essbar hielten, niederzumetzeln.

»Wir müssen den Zoo schützen!«, rief Kathrin in die Runde.

Schnell fand sie einige Mitstreiter für ihre Idee und machte sich mit ihnen auf zum Zoo, obwohl man sie nach Bens Meinung in diesem Augenblick für wichtigere Aufgaben hätte brauchen können.

Thomas hatte es sich nicht nehmen lassen, ein großes Buch anzulegen, in dem er fein säuberlich aufschrieb, wer welche Aufgabe übernommen hatte. Noch bevor er notieren konnte, welche Kinder Kathrin zum Zoo begleiteten, brach schon die nächste Nachricht auf sie herein.

»Mann, die Bullen kommen!«, schrie Kolja.

Ben überlegte fieberhaft. »Wir müssen die Polizisten

ablenken!«, sagte er. »Wenn die hier hereinkommen, schnappen sie uns, und alles ist aus!«

»Wie denn?«, fragte Frank zurück.

»Komm mit!«, sagte Ben und lief zur Tür.

Hinten auf dem Schulhof sah er einen Pulk von Polizisten. Sie schienen die Durchsuchung der Schule zu planen. Noch hatten sie also ein wenig Zeit.

»Erinnerst du dich an die Drogerie?«, fragte Ben.

Frank nickte. Natürlich erinnerte er sich. Die Drogerie hatte bei ihrem ersten Abenteuer in der »Stadt der Kinder« in Flammen gestanden. Mit Feuerwerksraketen hatten sie Hilfe organisieren können, um den Brand zu löschen.

Frank wusste allerdings nicht, wie ihnen das jetzt weiterhelfen sollte. Es gab weder eine Drogerie in der Nähe noch ein Feuer!

»Das Zweite werden wir ändern!«, sagte Ben.

Frank schluckte. Er hoffte, er hatte Ben nicht richtig verstanden.

»Du willst doch nicht etwa ein Feuer legen?«, fragte er entsetzt.

Ben zeigte auf die Polizisten, die sich mehr und mehr formierten und kurz davor waren, die Durchsuchung der Schule in Angriff zu nehmen.

»Wie willst du die sonst ablenken?«, fragte er.

Frank hatte auch keine Idee. Aber deshalb musste man ja noch lange nicht die Schule in Brand setzen! Niemand konnte absehen, welches Ausmaß ein solches

Feuer annehmen und wie viele Kinder dadurch gefährdet werden würden.

Ben nickte mit ernster Miene, ließ dann aber ein kurzes, verschmitztes Grinsen aufblitzen. »Nicht überall, wo Feueralarm ausgelöst wird, gibt es auch ein Feuer!«

Frank verstand. Ihm fiel ein Stein vom Herzen. »Wo?«

»Wie wäre es mit den Chemieräumen?«, schlug Ben vor.

Frank stimmte zu.

Die beiden liefen zum Fachtrakt, in denen die Unterrichtsräume für Chemie, Biologie und Physik untergebracht waren, und lösten mit den Feuermeldern Alarm aus.

Die Wirkung zeigte sich unmittelbar. Die Polizisten rannten wild durcheinander, versuchten herauszubekommen, woher der Alarm kam.

Einige benachrichtigten sofort die Feuerwehr, andere liefen schon los, obwohl sie noch gar nicht wussten, von wo die Gefahr ausging.

»Feuer!«, rief Jennifer. »Alle raus hier!«

Als sie sich draußen versammelten, trafen am Schultor bereits die ersten Feuerwehren ein. Ben und Frank rannten auf die Kinder zu.

»Wir sollten sehen, dass wir verschwinden«, rief Ben.

»Wo brennt es?«, wollte Miriam wissen.

Ben legte den Zeigefinger auf den Mund und antwortete: »Nirgends!«

Miriam begriff: Der Alarm war nur ein Ablenkungsmanöver für die Polizisten.

Ben beobachtete das Treiben der Polizisten und der Feuerwehrleute. Zwei Feuerwehrkinder verknoteten den Schlauch beim Abrollen. Je mehr sie ihn entwirren wollten, desto schlimmer verdrehten sie ihn. Drei andere suchten den Hydranten, an dem man den Schlauch anschließen konnte. Einer, der anscheinend so etwas wie eine Führungsposition innehatte, schimpfte, dass der Schlauch überhaupt schon ausgerollt worden war, weil sie doch noch nicht einmal wussten, wo es brannte. Eine Handvoll Feuerwehrkinder stritt sich mit einigen Polizisten darüber, wer hier was zu sagen hatte. Und die Ersten gingen sogar schon handgreiflich aufeinander los.

»Voll die Gurkentruppe!«, lachte Frank, der Ben über die Schulter sah. »Gut, dass es nicht wirklich brennt!«

»Die da drüben scheinen besser zu sein!« Jennifer zeigte auf die Besatzung eines zweiten Feuerwehrwagens. Einer hatte unangefochten die Chefposition inne. Er hantierte mit dem Funkgerät, gab per Handzeichen und Zuruf einige Anweisungen. Die Besatzung spurte, erledigte ruhig und schnell alles, was ihr aufgetragen worden war. Zügig sprangen alle wieder auf den Lastwagen, der mit Blaulicht einmal um die Schule herumfuhr.

»Die fahren von hinten an die Chemieräume heran!«, erkannte Frank.

»Und werden schnell herausbekommen, dass es nirgends brennt!«, ergänzte Ben. »Interessant, wie unterschiedlich die arbeiten.«

»Was meinst du damit?«, fragte Thomas nach.

Ben erläuterte noch einmal seinen Verdacht, nach dem sie alle nichts anderes waren als Figuren in einem real gewordenen Computerspiel, das gerade irgendwo gespielt wurde. »Und all diese Kinder in den Uniformen werden ferngelenkt?« Jennifer wurde ganz anders bei diesem Gedanken.

»Nicht ganz!«, widersprach Ben, wobei er selbst nicht recht wusste, ob er es mehr hoffte als glaubte. »Aber sie alle wurden offenbar vom Spieler auf ihre Position gesetzt! Manche kommen mit der Rolle gut klar, manche nicht!«

»Und wir?« Miriam sah in den Himmel, als ob dort ein gottähnlicher Spieler zu sehen wäre, der die Kinder wie elektronische Marionetten bediente.

»Uns hat der Spieler noch nicht erreicht!«, vermutete Ben.

»*Noch* nicht?«, schrie Jennifer auf. »Soll das etwa heißen ...?«

Ben zuckte mit den Schultern.

»O Mann!«, stöhnte Jennifer. Unwillkürlich duckte sie sich, als ob der unsichtbare Spieler plötzlich nach ihr greifen könnte. »Und jetzt?«

Ben griff ihren alten Vorschlag auf: »Gehen wir erst einmal ins Museum!«

Im Museum

Das Museum sah so aus, wie Jennifer es vermutet hatte. Es war menschenleer. Allerdings auch geschlossen. Jennifer drückte die Nase an die Scheibe der Eingangstür und sah in die dunkle Eingangshalle des Museums hinein. Die Erwachsenen waren früh am Morgen verschwunden, sodass noch niemand die Tür hatte aufschließen können.

»Schade!«, bedauerte Jennifer. »Das wäre ein schöner Unterschlupf gewesen!«

Miriam blickte zu Thomas. Es hätte sie nicht gewundert, wenn er einen Schlüssel für die Tür besessen hätte.

Doch Thomas wehrte sofort ab: »Ich bin Sammler, kein Einbrecher!«

Frank ging einige Schritte zurück, legte den Kopf in den Nacken und entdeckte, dass im ersten Stock ein Fenster gekippt war.

»Bingo!«, sagte er und zeigte hinauf.

Jennifer hielt den Atem an. »Da willst du doch wohl nicht etwa hochklettern?«

Frank warf ihr einen Blick zu und Jennifer wusste, dass er genau das vorhatte.

»Und dann, ey?«, warf Achmed ein. »Dann stehst du innen vor der verschlossenen Tür!«

Frank stutzte. Achmed hatte recht. Wenn er drinnen keinen Schlüssel fand, würde es sie keinen Schritt weiterbringen. An der Fassade hinaufzuklettern und durchs Fenster zu steigen war für ihn kein Problem, aber er glaubte nicht daran, innen auf Hunderten, wenn nicht Tausenden Quadratmetern den passenden Schlüssel für die Tür finden zu können. So etwas könnte höchstens Thomas und . . .

Genau den gleichen Gedanken hatte Miriam auch gerade gehabt. Die allerdings sprach ihn auch laut aus.

Thomas sprang zurück. »Ihr spinnt wohl! Nie und nimmer klettere ich dort hinauf!«

Jennifer unterstützte ihn. Sie fand das ja selbst für Frank schon viel zu gefährlich, doch die anderen waren nicht bereit, den Gedanken einfach so aufzugeben.

»Hast du eine bessere Lösung?«, fragte Kolja.

Jennifer hob die Schultern. »Manchmal gibt es eben keine Lösung!«

»O doch, die gibt es!«, beharrte Kolja, packte Thomas am Kragen und sah ihm eindringlich in die Augen. »Oder, Thomas?«

Thomas schwitzte, begann zu stottern, schwieg, sah ängstlich zum Fenster hinauf. Es kam ihm so unerreichbar vor wie der Gipfel des Mount Everest.

»Ich hab eine Idee!«, rief Ben plötzlich in die Runde. »Frank kann vorgehen. Er findet dort drinnen vielleicht nicht den Schlüssel, aber bestimmt etwas, was er uns aus dem Fenster werfen kann, dass wir alle hinaufklettern können. Ein Seil vielleicht oder eine Leiter! Drinnen können wir dann gemeinsam suchen!«

»Wieso sollen wir denn den Schlüssel gemeinsam suchen, wenn wir schon drinnen sind, ey?«, fragte sich Achmed.

Ben gab ihm einen Klaps auf den Hinterkopf. »Zum Beispiel, um wieder hinauszukommen, du Gipskopf!«

Kolja kicherte, Achmed leuchtete das Argument ein und Jennifer fand es eine gute Idee.

Frank trocknete sich die Hände an der Hose ab. Er fand Halt an einem Vorsprung, stieß sich ab, fand eine Mulde in der Fassadenverzierung, zog sich hoch, erreichte von dort die nächste Unebenheit, an der er sich festkrallen konnte. Schwungvoll warf er sein rechtes Bein hoch, klebte mit der Fußspitze an einem Fassadenüberhang über seinem Kopf, krallte sich immer noch mit der Hand an die Unebenheit. Sein Kopf war nun der tiefste Punkt seines Körpers.

Miriam knabberte an ihren Fingernägeln, Jennifer warf die Stirn in Falten, Ben drückte fest die Daumen, Kolja und Achmed feuerten Frank lauthals an und Thomas schaute um die Ecke.

Einen Augenblick wusste Frank nicht weiter. Kopf über hing er an der Fassade. Um sich in eine Ausgangslage zu bringen, aus der er weiterklettern konnte, blieb nur, seinen Körper mit der Hand, die in die kleine Unebenheit gekrallt war, hochzustemmen. Ein ungeheurer Kraftakt, denn in der Unebenheit hatten nur drei Finger Platz.

»Das schafft er nicht!«, glaubte Kolja. »Sein gesamtes Körpergewicht liegt auf drei Fingern. Die knicken gleich weg!«

»Pessimist, ey!«, meckerte Achmed. »Das schafft er, ey. Da verwette ich deinen Kopf drauf, Kolja!«

»Wir hätten das Risiko nicht eingehen dürfen!«, warf Jennifer in die Runde. »Was ist, wenn Frank aus der Höhe herunterfällt? Den können wir doch gar nicht auffangen. Der knallt hart auf die Steinplatten und bricht sich alle Knochen. Verflucht, er muss umkehren!«

»Umkehren, ey!«, spie Achmed aus. »Das ist ja wohl voll der krasse Vorschlag! Wie soll er das denn machen, ey?«

Für Frank gab es kein Zurück. Entweder jemand würde mit einer Leiter kommen und ihn aus seiner Lage befreien oder Frank musste es schaffen, sein Körpergewicht an drei Fingern hinaufzustemmen. Frank war sich seiner Lage voll bewusst. Er atmete tief ein, hielt die Luft an, begann mit den Fingern zu drücken, pustete, schrie, legte all seine Kraft in die Finger, stemmte sich langsam hoch, ließ seine andere Hand hochschnellen, tastete nach einer Mulde, die er sich vorher ausgeguckt hatte, erwischte sie, klammerte sich in ihr fest, zog sich hoch, gelangte nun an das Fensterbrett im ersten Stock, setzte sich darauf und verschnaufte.

»Guckt, ey! Er hat es geschafft! Hab ich doch gewusst!«, jubelte Achmed.

Jennifer und Miriam klatschten Beifall. Kolja grüßte Frank mit der Siegerfaust. Thomas kam wieder um die Ecke und rief: »Ich habe eine Leiter gefunden!«

Fünf Augenpaare starrten ihn an.

Frank lachte von oben: »Du hast ein Timing wie eine verstopfte Sanduhr, Thomas!«

Thomas legte die Leiter an die Fassade und stellte fest, dass sie genau bis zu Franks Füßen reichte.

Ben nahm Thomas wie immer in Schutz. »Auf jeden Fall können wir über die Leiter alle nachkommen und auch wieder hinaus, wenn wir den Türschlüssel nicht finden!«

Nachdem Frank das Fenster geöffnet hatte, stiegen die anderen nacheinander über die Leiter ins Museum und landeten mitten in einer Uhrenausstellung.

König der Kinder

Als Erstes mussten sie den Schlüssel für die Eingangstür finden, um das Museum jederzeit auf einfachere Art wieder verlassen zu können. Thomas war bereit, sich sofort dieser Aufgabe zu widmen. Doch im Moment hockte er immer noch oben auf dem Fenstersims und traute sich nicht zu springen. Das Fenster lag in einer Höhe von vielleicht zweieinhalb oder drei Metern. Es gab nichts in der Nähe, woran man hätte hinunterklettern können. Die anderen hatten sich am Sims festgehalten, sich herunterbaumeln lassen, und waren dann gesprungen. Nur Thomas wusste nicht, wie er sich in die richtige Position begeben sollte. Er hatte Angst, abzustürzen, wenn er auch nur eine falsche Bewegung machte.

»Mensch, Thomas!«, rief Frank zu ihm hinauf. Sein bester Freund Ben war ja schon ungeschickt im Klettern, aber das, was Thomas dort oben veranstaltete, war wirklich das Letzte. Erst drehte er umständlich seinen Po, dann wich er wieder zurück, versuchte seinen Fuß in verschiedene Stellungen zu bringen. Nichts brachte ihn wirklich voran. »Du musst dich nur mit den Händen festhalten und wie im Klimmzug etwas herunterlassen!«

»Sehr witzig!«, antwortete Thomas. Er hielt sich mit

den Händen am Fensterrahmen fest und wusste nicht, wie er die Hände an den Sims bekommen sollte, ohne herunterzufallen.

Frank rief ihm einige Anweisungen hoch, doch Thomas traute sich nicht, auch nur eine einzige auszuprobieren.

Miriam sah sich schon nach etwas um, was man als Sprungtuch hätte nutzen können, um Thomas aufzufangen. Aber sie fand nichts als Sanduhren, Sonnenuhren, Kuckucksuhren, Standuhren und Stoppuhren, von denen sich Kolja gerade eine einstecken wollte.

»Lass das!«, fuhr Jennifer ihn an.

»Ach!«, maulte Kolja. »Die ist doch schon ganz alt!«

Jennifer heulte auf. »Deshalb liegt sie auch im Museum, du Superhirn. Los, leg sie wieder hin!«

Widerwillig folgte Kolja Jennifers Befehl und ließ seinen Ärger an Thomas ab.

»Wenn du nicht gleich springst, komme ich hoch und prügle dich da runter!«, schimpfte er. Er hatte die Nase voll, immer auf Thomas warten zu müssen. Demonstrativ drückte er die alte Stoppuhr. »Ich gebe dir zehn Sekunden!«

Jennifer stieß ihn an. Seine Lösungsvorschläge waren ihr wie immer zu plump.

Thomas unternahm einen erneuten Versuch, sich auf dem Sims langsam zu drehen.

»Wahnsinn!«, rief er plötzlich zu den anderen hinunter und zeigte aus dem Fenster. »Da kommen ganz viele Kinder die Straße entlang. Bestimmt hundert oder zweihundert, wenn nicht noch mehr!«

»Was?«, rief Ben. »Wieso das denn? Wo gehen die hin?«

»Weiß nicht!«, antwortete Thomas. »Dorthin!« Er zeigte in eine Richtung.

»Wir müssen hinunter ins Foyer!«, schlug Jennifer vor. »Dort können wir durch die Eingangstür gucken. Die ist aus Glas!«

»Gute Idee!«, fand Ben, und schon rannten sie los.

Außer Thomas.

»Hey!«, rief er seinen Freunden hinterher. »Ihr könnt mich doch nicht hier oben sitzen lassen!«

»Wir kommen gleich zurück!«, versprach Ben und verschwand hinter der nächsten Ecke.

Hunderte Kinder liefen direkt am Museum vorbei.

»Mist!«, ärgerte sich Ben. »Ich möchte wissen, was da los ist. Und wir Deppen haben uns selbst eingesperrt!«

»Aufs Dach!«, schlug Frank vor. »Vielleicht kommen wir dort hinaus oder können zumindest von oben alles beobachten!«

Ohne lange zu überlegen, stürmten die Kinder die Treppen hinauf bis ins oberste Stockwerk des Museums, in dem lauter Masken ausgestellt waren. Sie hatten Glück. Tatsächlich entdeckten sie in der Decke eine Klappe, die allerdings mit einer Kette und einem Schloss verriegelt war.

Ben schlug verärgert mit der Faust gegen die Wand, eine Maske fiel herunter, Jennifer hob sie auf und Kolja beruhigte ihn. »Das Schloss schaffe ich schon!«

Frank nahm die Leiter von der Wand, die offenbar extra für die Dachluke an dieser Stelle hing, während Kolja auf Miriams Frage, wieso er glaubte, das Schloss öffnen zu können, ein wenig verlegen schaute.

Miriam winkte ab und ersparte Kolja eine detaillierte Begründung. Alle wussten, das Kolja früher einer gewesen war, der um keine kriminelle Handlung einen Bogen machte. Er hatte Schüler erpresst und verprügelt und sicher auch schon das eine oder andere Fahrrad gestohlen. Das Schloss, das die Dachluke sicherte, ähnelte solchen, mit denen Fahrräder abgeschlossen wurden.

Kolja stieg die Leiter hinauf, besah sich das Schloss und fragte, ob jemand eine Haarnadel oder einen anderen spitzen Gegenstand dabeihätte. Ben hatte eine Büroklammer in der Hosentasche.

Kolja öffnete die Luke. Nacheinander stiegen alle aufs Dach. Von hier oben hatten sie einen hervorragenden Blick über die halbe Stadt.

Auf dem Rathausplatz hatten sich Hunderte Kinder versammelt. Es war ein Podest aufgebaut und es schien, als wollte dort jemand eine Rede halten.

Plötzlich hallte ein Schrei durch das Museum, so laut, dass es selbst hier oben auf dem Dach nicht zu überhören war.

»Thomas!«, fiel Jennifer sofort ein.

»Ach, du Schreck, den haben wir ganz vergessen!« Ben blickte vom Dach hinunter – und atmete tief durch. Unten auf dem Weg war nichts von Thomas zu sehen. Zumindest war er nicht aus dem Fenster gefallen.

»Thomas?«, rief Ben.

Keine Antwort.

»Komm, wir schauen mal nach, ey!«, schlug Achmed vor, nahm Kolja mit und stieg durch die Luke hinunter zurück ins Museum.

»Schnell, komm mal!«, rief Frank von der anderen Seite.

Ben ließ einen letzten schnellen Blick nach unten schweifen, aber von Thomas war wirklich nichts zu sehen. So kehrte er zurück zu Frank, Jennifer und Miriam und war genauso erstaunt wie die anderen, als er sah, was unten vor sich ging.

Auf dem Podest vor dem Rathausmarkt erschien ein Junge in einem roten Umhang. Er trug etwas Goldenes auf dem Kopf sowie ein Zepter, ließ sich in einem thronähnlichen Sessel nieder und winkte den Massen auf dem Platz huldvoll zu.

Wie einem einzigen, zentralen Befehl folgend knieten sämtliche Kinder plötzlich nieder, falteten die Hände über ihren Köpfen und riefen: »Heil – dem – König!«

»Was ist das denn für ein Schwachsinn?«, fragte sich Miriam laut.

»Massenwahn!«, hauchte Jennifer. Sie hatte das Gefühl, als ob ihr für einen Moment die Luft wegblieb, spürte einen Druck im Brustkorb, so beklemmend war für sie das Schauspiel, dessen Zeugin sie wurde. Sie atmete tief durch. »Mann, was für eine Scheiße!«

»Welcher König?«, wunderte sich Frank. »Der Zwerg dort unten soll ein König sein? König von was?«

»Von uns!«, glaubte Ben. »Von dieser Stadt!«

Tatsächlich fiel im Hintergrund der Bühne nun ein großer Vorhang, der ein überdimensionales, kitschig bunt gemaltes Porträt des Königs zeigte.

Die Kinder auf dem Platz erhoben sich und jubelten dem Porträt zu. Wieder setzten sie an, »Heil – dem – König« zu schreien. Rhythmisch, wie Militärstiefel auf Asphalt knallten. Immer wieder: »Heil – dem – König«.

Das königliche Kind erhob sich, breitete die Hände über der Menge aus und die Masse verstummte.

»Ich könnte kotzen!«, zischte Jennifer.

»Ihr seid echt gemein!« Thomas kam herbeigehumpelt, links und rechts von Kolja und Achmed gestützt. »Ihr habt mich einfach vergessen!«

Weil sich niemand seiner Freunde mehr hatte blicken lassen, war Thomas dann doch gesprungen und hatte sich den Knöchel verstaucht. Und außerdem war bei dieser Aktion die Leiter umgefallen.

»Was denn für ein König, ey?«, blaffte Achmed gleich los, als er zum Rathausplatz schaute.

»Wenn wir wissen wollen, was mit dieser Stadt los ist, sollten wir den nicht aus den Augen lassen!«, erklärte Ben.

Achmed und Kolja waren sofort begeistert: »Du meinst, wir nehmen die Verfolgung auf?«

Ben nickte.

Jennifer fand es besser, die Gruppe aufzuteilen. Zwei, die den König verfolgten. Zwei, die hierblieben, um ein neues Hauptquartier einzurichten, und der Rest sollte sich genauer in der Stadt umsehen. Da klingelte Miriams Handy.

Es war der kleine Max. »Kathrin ärgert die Tiere!« Seine Stimme klang ängstlich und aufgeregt.

Miriam fragte sich, was Max damit sagen wollte. Kathrin war in der ganzen Schule für ihre maßlose Tierliebe bekannt. Egal, was man von Kathrin hielt oder ihr zutraute, eines tat sie mit Sicherheit nie: Tiere ärgern!

»Doch!«, beharrte Max. »Sie tut es wirklich!«

»Nun mal ganz ruhig«, sagte Miriam. »Was hat sie denn getan?«

»Sie hat einen Löwen in den Affenkäfig geführt!«, behauptete Max.

Miriam fiel beinahe das Telefon aus der Hand. »Wie bitte?«

»Und die Pinguine in den Vogelkäfig gesperrt«, erzählte Max weiter. »Und den Eisbären zum Aquarium geführt, wo er sich über die Fische hermacht.« Er musste sich zusammenreißen, um nicht loszuweinen vor Verzweiflung. »Und . . . !«

»Das glaube ich nicht!«, schrie Miriam. »Wir kommen!«, versprach sie. »Warte am Affenkäfig auf uns.

Wir sind gleich da!« Sie beendete die Verbindung und wollte sofort losrennen. Die anderen allerdings rührten sich nicht.

»Was habt ihr?«, fragte sie. »Wir müssen zum Zoo. Und zwar schnellstens!«

»Wie denn?«, fragte Ben. Durch das Fenster konnten sie wohl nicht zurück – ohne Leiter. Bevor sie nicht den Schlüssel für die Ausgangstür fanden, konnten sie nirgendwo hingehen.

»Mist!«, fluchte Miriam. Ihr nächster Blick galt Thomas: »Beeil dich!«, befahl sie ihm. »Du musst den Schlüssel finden. Sofort!«

Thomas japste nach Luft. »Sehr witzig, Miriam. Ich bin doch kein Trüffelschwein. So eine Suche kann dauern. Vorausgesetzt, der Schlüssel befindet sich überhaupt hier. Vielleicht hat ihn der Museumsdirektor bei sich getragen oder was weiß ich!«

Frank hatte da eine bessere Idee. »Wozu brauchen wir überhaupt eine Tür?«, fragte er.

Niemand konnte darauf eine plausible Antwort geben. Sie wollten das Museum als Hauptquartier einrichten, aber eine Eingangstür war dazu nicht notwendig.

»Na bitte!«, meinte Frank. »Also nichts wie runter. Irgendetwas werden wir schon finden, womit wir die Tür einrammen können!«

Das war endlich mal eine Idee so richtig nach dem Geschmack von Kolja und Achmed.

Im Foyer fiel Kolja sofort etwas Geeignetes ins Auge.

»Das ist nicht dein Ernst!«, stieß Jennifer aus.

Kolja grinste sie nur an, streichelte die riesige Kanone und deutete auf den Boden: »Sie steht auf Rädern!«

»Dann bringen wir die Sache mal ins Rollen!«, lachte Frank. »Los!«

Laut zählte Jennifer vor und bei »drei« schoben die anderen mit aller Kraft die Kanone an. Langsam und schwerfällig setzte sie sich in Bewegung, wurde allmählich schneller.

»Los!«, schrie Frank. »Mehr Power!«

Sie ächzten, schwitzten, schrien und schoben.

Die Kanone gewann an Geschwindigkeit, beschleunigte. Allerdings verließ sie auch die gerade Spur.

»Mehr nach rechts!«, brüllte Jennifer.

Aber die Kanone war nicht mehr aufzuhalten. Sie hatte volle Fahrt aufgenommen, donnerte auf den Eingang zu, würde aber eindeutig ihr Ziel verfehlen.

»Scheiße!«, schrie Jennifer, presste sich die Hände an die Ohren und kniff die Augen zusammen.

Die Kanone donnerte gegen die Wand direkt neben der Eingangstür.

Erschöpft ließ Miriam sich zu Boden fallen. »Knapp daneben ist auch vorbei!«, stellte sie resigniert fest.

»Noch mal!« Frank klatschte in die Hände, um seine Freunde aufzumuntern, doch Miriam brauchte erst mal eine Pause.

Plötzlich stürmte Thomas mit lautem Gebrüll an ihr vorbei. Über dem Kopf schwang er eine schwere Eisenkugel an einer Kette, die er einer Ritterrüstung abgenommen hatte. Dann stoppte er, drehte sich zweimal um sich selbst wie ein Hammerwerfer und feuerte die Kugel mit so viel Schwung ab, dass sie leicht die Glastür zerschlagen hätte – wenn sie dort angekommen wäre. Die Eisenkugel aber flog nicht nach vorn zur Tür, sondern nach hinten, wo die anderen standen und sich ausruhten.

Im letzten Moment konnten Achmed und Frank beiseitespringen, bevor die Kugel in den Holzfußboden einschlug und halb versank.

»Sag mal, hast du sie nicht mehr alle, ey?«, ging Achmed auf Thomas los. »Du hättest uns beinahe platt gemacht, du Halbaffe!«

Entsetzt zeigte Achmed auf die Delle im Boden und stellte sich vor, wie sein Kopf ausgesehen hätte, wenn er nicht beiseitegehechtet wäre.

Frank atmete tief durch.

Thomas war weiß im Gesicht geworden vor Schreck. »Im Fernsehen sieht das immer so einfach aus bei den Hammerwerfern!«, fand Thomas.

»Im Fernsehen, ey?«, ereiferte sich Achmed. »Der Typ ist irre, ey. So etwas Krasses gibt es kein zweites Mal auf diesem Planeten!«

»Aber die Idee war gut!«, beschwichtigte Frank. »Geht in Deckung. Ich versuche es noch mal!«

Die anderen verschanzten sich hinter Ritterrüstungen, Schildern und einem alten Karren. Frank nahm sich die Eisenkugel, schwang sie, wobei er es wirklich machte wie ein Hammerwerfer, und schleuderte die Kugel in die Tür.

Krachend zersplitterte das Glas.

»Volltreffer!«, jubelten die anderen.

Der Weg war frei.

Schnell waren die Aufgaben verteilt. Miriam und Jennifer wollten im Zoo nach dem Rechten sehen, Kolja und Achmed brannten darauf, den König der Kinder zu verfolgen. Ben und Frank wollten Lebensmittel besorgen. Thomas sollte im Museum bleiben und das Hauptquartier einrichten.

Blieb nur die Frage, wie die Mädchen am schnellsten zum Zoo gelangen konnten. Plötzlich grinste Miriam schelmisch und rannte los. »He – warte!«, rief Jennifer und lief hinterher. Miriam überquerte die Straße. Was wollte sie da? Jennifer konnte nichts Außergewöhnliches entdecken, außer einem verlassenen Bus, der mit offener Tür am Straßenrand stand. Miriam lief auf den Bus zu und setzte sich ans Steuer.

»Prima! Der Schlüssel steckt!«, stellte sie fest.

Jennifer stand mit offenem Mund da. »Du willst doch nicht etwa . . .«

»Hiermit eröffne ich die Buslinie 1. Direkt vom Museum zum Zoo. Ohne Zwischenhalt!«, lachte Miriam. »Bitte einsteigen!«

Jennifer sah sich noch einmal um. Man konnte doch nicht einfach einen Bus kapern! In dieser Stadt der Kinder vermutlich noch weniger als in der wirklichen Welt der Erwachsenen. Doch niemand schien sich um sie zu kümmern. Die wenigen Kinder, die unterwegs waren, eilten geschäftig durch die Straßen. Manche trugen sogar Aktentaschen, telefonierten mit Handys oder besahen sich die Schaufenster. Zwei, drei Kinder kämpften noch immer damit, die Herrschaft über ein Auto zu gewinnen. Die meisten Kinder jedoch nahmen gerade an der Kundgebung zu Ehren des Königs der Kinder teil.

»Also los!«, rief Miriam. Sie wollte gerade die Türen schließen, als ein kleiner Junge hereinsprang.

»Ey, Kleiner. Hier ist geschlossene Gesellschaft. Nimm den nächsten Bus!«, pflaumte Miriam ihn an.

»Ich bin der Kontrolleur!«, behauptete der Junge. »Wo ist meine Uniform?«

Miriam und Jennifer schauten erst sich, dann den Jungen verblüfft an.

»Hast du eine Fahrkarte?«, fragte der Junge Jennifer.

Jennifer klopfte dem Jungen auf den Kopf: »Klingt hohl. Redest du deswegen solches Blech?«

»Ohne Fahrkarte darfst du nicht mit dem Bus fahren! Das kostet Strafe oder ich muss die Polizei rufen!« Der Junge reckte den Hals, ob er durchs Fenster einen Polizisten auf der Straße entdecken konnte.

»Jetzt langt's aber!« Miriam sprang von ihrem Sitz, packte den Jungen am Kragen und warf ihn die Einstiegstreppe hinunter auf die Straße. »Die Linie für Blödmänner fährt dort hinten!« Sie zeigte mit dem Finger wahllos in eine Richtung. »Die bringt dich direkt bis zur Gummizelle. Aber in diesem Bus ist kein Platz für Zwergenhirne, capito?«

»Polizei!«, rief der Junge.

Ohne Vorwarnung sprang Miriam auf den Jungen zu und verpasste ihm eine Ohrfeige, dass seine Wange nur so glühte. Augenblicklich verstummte er. Zitternd sah er ihr in die Augen. Miriam wusste, sobald sie ihm den Rücken zukehren würde, hätte sie schon wieder die Kinderpolizei auf dem Hals. Die Stadt schien voller Petzer zu sein.

»Die haben hier alle 'ne Meise!«, schimpfte sie, holte noch mal weit aus. Der Junge zuckte zusammen, duckte sich weg, doch Miriam schlug kein zweites Mal zu. Um sich abzureagieren, stampfte sie mit dem Fuß wild auf. Ihr Fuß platschte in eine Pfütze.

»Verflucht noch mal!«, schimpfte sie, hüpfte beiseite, landete aber wieder in einer Pfütze. Sie schaute auf ihre Füße, auf die Straße, die Straße entlang und glaubte zu träumen. Sie war nicht in eine Pfütze getreten, sondern die Straße war nass; mehr noch, sie stand unter Wasser.

»Was ist das denn?« Miriam stakste einige Schritte wie ein Storch. »Das Wasser war doch eben noch nicht da!«

Der Junge rappelte sich auf, versuchte seine Hose trocken zu wischen. Es war aussichtslos. Die gesamte Straße war inzwischen überschwemmt wie nach einem sommerlichen Platzregen. Aber es regnete nicht.

»Das Wasser kommt von dort hinten!«, rief Jennifer aufgeregt und zeigte in Richtung des Platzes, auf dem eben noch die Kundgebung stattgefunden hatte. »Es steigt rasant an. Sieh nur!« Sie zeigte auf ihre Füße, die schon fast völlig vom Wasser bedeckt waren.

»Los, in den Bus!«, entschied Miriam. »Schnell, wir müssen hier weg!«

Der Junge wollte fortlaufen, rutschte aber aus und landete vollends im Wasser. Miriam fischte ihn heraus.

Der Junge prustete, schüttelte sich wie ein begossener Pudel und hätte beinahe angefangen zu weinen.

»Heul nicht!«, schnauzte Miriam ihn an. »Los, komm mit!«

»Was sollen wir mit dem?«, fragte Jennifer.

»Weiß nicht!«, antwortete Miriam ehrlich. »Aber wenn wir ihn hierlassen, ersäuft der noch, so ungeschickt, wie der ist!«

Jennifer stieg in den Bus. Miriam schleifte den Jungen mit sich, übergab ihn an der Einstiegstreppe Jennifer, setzte sich ans Steuer, startete den Wagen und gab Vollgas. Schlingernd brauste sie davon, dass das Wasser zu beiden Seiten nur so spritzte.

Jennifer klebte an der Fensterscheibe, um zu sehen, wie schnell das Wasser ihnen folgte. Einige Seitenstraßen waren noch trocken, schienen aber zu eng zu sein, um mit dem Bus hindurchzukommen.

»Schaffst du es dort hinein?«, fragte sie Miriam und zeigte nach rechts.

»Warum nicht?« Miriam machte eine Vollbremsung.

Der Bus quietschte, rutschte, schlug hinten aus. Jennifer konnte sich gerade noch festhalten. Der Junge purzelte durch den Gang, stieß sich den Kopf an einem Sitz und jammerte laut los.

»Der geht mir auf die Nerven!«, meckerte Miriam, wendete den Bus und raste auf die enge Seitenstraße zu. An den Seiten war kaum eine Handbreit Platz bis zu den Geschäften, aus denen kindliche Verkäufer lugten, angesichts des rasenden Busses aber schnell ihre Köpfe wieder einzogen.

»Hier ist es trocken!«, stellte Miriam fest.

Doch Jennifer schränkte sogleich ein: »Aber nur vor uns! Hinter uns kommt das Wasser!«

Sie lief in den hinteren Teil des Busses, musste dabei über den Jungen hinwegsteigen, der noch immer auf dem Boden herumkrabbelte, sich seine Nase hielt und unentwegt wimmerte.

»Und wie!«, schrie Jennifer. »Scheiße. Wo kommt all das Wasser her? Gib Gas, Miriam. Das Wasser hat uns gleich eingeholt!«

»Mach ich doch!«, antwortete Miriam. Vor ihr lief ein kindlicher Verkäufer auf die Straße, wohl, weil er seinen Obststand in Sicherheit bringen wollte. »Weg da, du Tütenkopf!« Miriam presste ihre Hand auf die Hupe.

Der Verkäufer packte unbeirrt weiter seine Kisten.

Miriam hämmerte mit der Faust auf die Hupe. »Aus dem Weeeeeg!«

Der Verkäufer sprang im letzten Moment beiseite. Miriam bremste und konnte gerade noch ausweichen, obwohl sie zur linken Seite kaum noch Platz hatte.

»Ich will raus!«, schrie der Junge.

»Schnauze!«, herrschte Jennifer ihn an. »Beeilung. Das Wasser kommt!«

Doch Miriam fuhr nicht weiter, sondern öffnete die Bustüren.

»Was soll das?«, herrschte Jennifer sie an. »Lass ihn doch jammern! Wir müssen weiter. Los. Dort hinten kommt das Wasser!«

»Lebensmittel!«, antwortete Miriam nur. »Schnell. Packt mit an!«

Der Bus stand so dicht vor dem Gemüseladen, dass man die Kisten mühelos von der offenen Tür aus erreichen konnte. Miriam stand schon auf der untersten Stufe der Einstiegstreppe und lud die erste Obstkiste ein.

»Diebstahl!«, rief der Verkäufer.

»Ich will raus!«, jammerte der Junge erneut.

»Maul halten. Anpacken und einladen!«, befahl Miriam.

Jennifer hatte längst begriffen und lud hinten an der zweiten Tür so viele Kisten ein, wie sie schnappen konnte.

Als der Junge das dritte Mal meckern wollte, verpasste sie ihm einen Tritt in den Hintern. »Pack an!«

Endlich griff der Junge sich eine der Kisten und stapelte sie innerhalb des Busses auf, sodass Miriam und Jennifer an den Türen mehr Platz hatten.

»Diebstahl!«, rief der Verkäufer erneut. »Hilfe! Überfall!«

»Quatsch! Wir kommen vom König!«, schwindelte Jennifer. »Du solltest lieber mithelfen. Zu Ehren des Königs!«

»Wirklich?«, fragte der Verkäufer.

»Aber natürlich. Wer sonst würde mit einem Bus einkaufen außer Gesandte des königlichen Hofes?«

Der Verkäufer stutzte einen Moment. Das leuchtete ihm ein. Er krempelte die Arme auf und reichte den Mädchen die Obst- und Gemüsekisten, so schnell er konnte.

Schon entdeckte Jennifer die ersten Ausläufer des Wassers unter dem Wagen.

»Genug!«, rief sie. »Nix wie weg. Das Wasser ist da!«

Miriam rannte zurück ans Steuer und gab Vollgas. Mit quietschenden Reifen schoss der Bus davon. Sie ließ einen verblüfften Verkäufer und den fremden Jungen zurück. Jennifer stemmte sich gegen die eroberten Kisten, die umzukippen und auf die Straße zu fallen drohten.

»Tür zu!«, schrie sie.

Miriam drückte die Knöpfe. Die Türen schlossen sich.

»Geht es hier links zum Zoo oder geradeaus?«, fragte sie Jennifer.

Doch Jennifer hatte ganz andere Sorgen.

»Die Stadt wird überschwemmt!«, befürchtete sie. »Wir müssen etwas unternehmen!«

Miriam entschied sich für links.

Überschwemmung

Das Wasser hatte Panik in der Stadt ausgelöst. Als hätte jemand eine Schleuse geöffnet, schoss das Wasser aus einer Seitenstraße heraus mitten auf den Rathausplatz, auf dem die Anhänger des Königs sich versammelt hatten. Unter lautem Geschrei flüchteten die Kinder in alle Richtungen, Kolja und Achmed waren geistesgegenwärtig auf eine Telefonzelle geklettert.

»Wo kommt all das Wasser her, ey?«, wunderte sich Achmed. »Hier gibt es doch gar keinen Fluss!«

Kolja deutete auf die Straße, aus der das Wasser strömte.

Er wusste, wohin sie führte. »Das Wasser kommt vom Wasserwerk!«, erkannte er. »Irgendeiner hat da großen Mist gebaut!«

Plötzlich sah er am anderen Ende des Platzes zwei Gestalten, die ihm heftig zuwinkten. Der eine hockte oben in einer Baumkrone, der andere baumelte unbeholfen am unteren Ast, versuchte ungeschickt weiter hochzuklettern, rutschte aber immer wieder ab.

»Da sind Ben und Frank!«, rief Kolja und winkte zurück.

Achmed schaute hinüber.

»Die winken nicht, die wollen uns etwas mitteilen, ey!«, glaubte er.

Kolja kniff die Augen zusammen. Achmed hatte recht. Er hatte Bens Armbewegungen für ungeschickte Kletterversuche gehalten, doch es sollte wohl auch eine Art Zeichensprache darstellen.

»Was will er?«, fragte Kolja. In dem Moment klingelte sein Handy. Frank rief ihn aus der Baumkrone heraus an.

»Ben meint, das Wasser kommt aus dem Wasserwerk!«, gab Frank weiter, was Ben ihm vom unteren Ast aus zurief.

So schlau war Kolja auch schon gewesen.

Ben schlug vor, dass er und Frank es sich genauer ansehen wollten. Das Wasser musste gestoppt werden, aber trotzdem durften sie den König nicht aus den Augen verlieren.

»Der König!«, stieß Kolja aus. An den hatte er überhaupt nicht mehr gedacht! »Wo ist der König?«

Er stellte sich auf Zehenspitzen, reckte den Hals, obwohl er vom Dach der Telefonzelle ohnehin schon über die Menge hinwegsehen konnte.

Auch Achmed suchte, konnte den König aber nirgends mehr entdecken.

»Wir haben ihn verloren!«, ärgerte sich Kolja.

Aus seinem Handy krächzte ein furchtbarer Fluch. Frank hatte Ben die schlechte Nachricht übermittelt.

Auf dem Platz reichte das Wasser den Kindern schon bis zu den Knien.

»Man könnte ja beinahe schon ein Boot brauchen!«,

fand Achmed. »So eines wie die dort haben!« Er zeigte hinüber zur Bühne.

Drei Jungs schleppten ein knallrotes Schlauchboot herbei.

Das Eigenartige war, dass sie nicht mit dem Boot fuhren, sondern es leer hinter sich herzogen.

»Mann!«, brüllte Kolja. »Die holen den König ab. Ich schwör's dir!«

Koljas Ahnung erwies sich als richtig. Die Jungs hielten vor der Bühne, auf der tatsächlich der kindliche König auftauchte und ins Schlauchboot einstieg.

»Hinterher!«, entschied Kolja.

Noch immer war der Platz voller Kinder, die nicht schnell genug in die Seitenstraßen fliehen konnten, weil sie sich gegenseitig im Weg standen.

Kolja fackelte nicht lange. Er sprang von der Telefonzelle und landete im Wasser.

»Los, komm!«, forderte er von Achmed.

Achmed sprang hinterher und schrie auf. »Das ist ja eiskalt, ey!«

Kolja schüttelte den Kopf. »Was dachtest du denn? Meinst du, die haben das Wasser erst angewärmt?«

Zufrieden beobachtete Ben, wie Kolja und Achmed über den Platz wateten, sich durch die Menge kämpften, um dem König zu folgen. Allerdings sah auch er mit Besorgnis, wie hoch das Wasser schon gestiegen war.

»Wir müssen zum Wasserwerk!«, entschied er.

Genau da wollte Jennifer auch hin. Doch Miriam reagierte nicht auf ihre Aufforderungen.

»Mensch, Miriam!«, fuhr Jennifer ihre Freundin an. »Um den Zoo können wir uns später kümmern.«

Miriam lenkte den Bus unbeirrt auf die nächste Hauptstraße.

»Miriam!« Allmählich wurde Jennifer wütend. Wieso antwortete Miriam nicht?

»Es ist untersagt, während der Fahrt den Fahrer anzusprechen!«, entgegnete Miriam plötzlich.

Jennifer tippte sich an die Stirn. »Was soll denn der Schwachsinn? Kehr doch um! Wir müssen etwas gegen das Wasser unternehmen!« Endlich hielt Miriam an.

Jennifer atmete durch.

Doch Miriam drückte einen Knopf, öffnete die Türen und sprach durchs Mikro: »Amtsgericht!«

»Was?«, fragte Jennifer.

Miriam schloss die Türen, setzte den Bus in Bewegung – wieder in die falsche Richtung.

»Miriam!«, schrie Jennifer.

»Nächste Station: Rosenstraße!«, sagte Miriam durchs Mikrofon.

Jetzt wurde es Jennifer zu bunt. Sie stürmte auf Miriam los, zog sie an den Schultern und schrie sie an: »Lass den Blödsinn! Die Stadt steht unter Wasser! Wir müssen umkehren!«

»Bitte sprechen Sie mich nicht während der Fahrt an.

Die Zentrale hat nichts über mögliche Verkehrsbehinderungen durchgegeben«, antwortete Miriam.

Jennifer ließ von Miriam ab. Was war mit ihr geschehen? Von welcher Zentrale sprach sie? Weshalb reagierte sie von einer Minute auf die andere nicht mehr, wie es sich gehörte? Weshalb wirkte Miriam auf einmal so ... so ... Jennifer suchte nach einem Wort ... so *künstlich,* fiel ihr ein. Mit einem Schlag dämmerte ihr, was mit Miriam geschehen war. »Mein Gott!«, hauchte sie, rannte in den hinteren Teil des Busses, zog ihr Handy aus der Tasche und rief Ben an.

Im ersten Moment mochte Ben nicht glauben, was Jennifer ihm über Miriam erzählte. Doch Jennifer lieferte ihren Verdacht gleich mit: »Sie verhält sich genau wie die Verkäufer, die Polizisten und Kathrin ...«

»Kann es sein, dass auch Kathrin und Miriam irgendwie zu Spielfiguren geworden sind?«

Davon war Ben überzeugt. Seine Vermutung, dass das alte Spiel ein neues Level bekommen hatte, erhärtete sich: In dieser Version des Spieles funktionierte nicht nur die Umgebung nach den Regeln des Computerspieles wie damals im Level 4, sondern diesmal hatte es auch die Kinder selbst erwischt. Die Kinder wurden zu programmierten Figuren, gelenkt vom Spieler. Und jetzt hatte es nach Kathrin auch Miriam erwischt.

»Was?«, quiekte Jennifer auf. »Miriam ist ferngesteuert?« Sie hatte gehofft, Ben hätte eine andere Erklärung parat, statt ihre Horrorvision zu bestätigen.

»Der Spieler hat ihr die Rolle einer Busfahrerin zugeteilt. Und die spielt sie jetzt!«, war Ben sich mittlerweile sicher.

»O nein!«, schrie Jennifer auf.

Der Bus hielt.

»Friedhof!«, sagte Miriam durchs Mikrofon.

Zwei Kinder stiegen ein, kauften sich bei Miriam Fahrkarten, setzten sich, Miriam schloss die Türen und fuhr weiter. »Nächste Station: Stadtrand!«

»Das darf nicht wahr sein!«, stöhnte Jennifer ins Handy. »Was machen wir denn jetzt? Kann man Miriam nicht irgendwie da rausholen?«

Seltsames

Die Ereignisse überschlugen sich derart, dass Ben nicht wusste, was er zuerst tun sollte. Die Stadt wurde vermutlich durch einen Fehler im Wasserwerk überschwemmt, Kolja und Achmed hatten Mühe, den König nicht aus den Augen zu verlieren, Miriam spielte ferngesteuert Busfahrerin und trieb Jennifer zur Verzweiflung, im Zoo herrschte Chaos. Von Thomas zum Beispiel hatte er schon lange nichts mehr gehört. Es fehlte die Zeit, sich um ihn zu kümmern. Ben konnte nur hoffen, dass es Thomas gelang, ohne größere Hindernisse im Museum ein Hauptquartier einzurichten.

»Als Erstes müssen wir das Wasser abstellen!«, entschied Ben.

Sie wateten zum Marktplatz, bogen in eine Seitengasse ein, liefen weiter um einige Ecken, bis sie vor dem Wasserwerk standen.

»Abgeschlossen!«, stellte Frank fest.

»Seltsam!«, fand Ben. »Ein Wasserwerk macht doch nicht dicht. Da sitzt rund um die Uhr ein Pförtner vorn am Tor, okay, aber der schließt doch nicht ab!«

Frank stimmte seinem Freund zu. Das war wirklich merkwürdig, konnte aber eigentlich nur eines bedeuten: Irgendwelche Kinder hatten das Wasserwerk in Besitz genommen und die Türen verschlossen. »Und dtv junior

Andreas Schlüter

Mörfi.
Fehler, Falle, Ferien
Illustriert von
Karoline Kehr
ISBN 978-3-423-**71169**-2
€ 6,50 [D] Ab 8

Urlaub auf Mallorca! Natürlich passieren Johanna und Mörfi auch dort die absurdesten Missgeschicke.

Mörfi.
Das Fehler-Versteck
Illustriert von
Karoline Kehr
ISBN 978-3-423-**71170**-8
€ 6,50 [D] Ab 8

Johannas Klassenfahrt auf eine alte Burg – mit Mörfi im Gepäck – verspricht Pannen und Quatsch.

Heiße Spur
aus Afrika
Illustriert von
Karoline Kehr
ISBN 978-3-423-**70430**-4
€ 7,– [D] Ab 9

Aus Versehen gelangt das Chamäleon Kambu per Bananentransport nach Deutschland und erlebt Abenteuerliches.

Heiße Spur
in die Manege
Illustriert von
Karoline Kehr
Originalausgabe
ISBN 978-3-423-**71198**-2
€ 7,50 [D] Ab 9

Neues von Marion, dem Chamäleon Kambu – und dem Löwen King, der in einen Zirkus entführt wurde.

Heiße Spur
auf leisen Sohlen
Illustriert von
Karoline Kehr
Originalausgabe
ISBN 978-3-423-**71274**-3
€ 7,95 [D] Ab 9

Illegalen Tierhändlern auf der Spur! Dritter und letzter Band um das Chamäleon Kambu.

Computerkrimis aus der ›Level 4-Serie‹:

Level 4 – Die Stadt der Kinder
ISBN 978-3-423-**70914**-9
€ 7,95 [D] Ab 11

Bens Computerspiel wird plötzlich zur Realität: Alle Erwachsenen verschwinden. Super! Oder doch nicht?

Der Ring der Gedanken
ISBN 978-3-423-**71152**-4
€ 7,50 [D] Ab 11

Als Ben einen Ring findet, mit dem man Gedanken lesen kann, ist er total begeistert. Doch dann gerät die Erfindung in die falschen Hände.

Achtung, Zeitfalle!
ISBN 978-3-423-**70999**-6
€ 7,95 [D] Ab 11

Während der Verfolgung ihres Rivalen Kolja gelangen Ben und seine Freunde ins Florenz des 16. Jahrhunderts. Aber können sie der Realität trauen?

UFO der geheimen Welt
ISBN 978-3-423-**70697**-1
€ 8,– [D] Ab 11

Frank sichtet ein Raumschiff und ist dann auf geheimnisvolle Weise verschwunden.

Jagd im Internet
ISBN 978-3-423-**70796**-1
€ 7,50 [D] Ab 11

Ein Internet-Rätsel mit einem Millionen-Gewinn bringt Ben und seine Freunde auf die Spur von Erpressern.

Flucht vom Mond
ISBN 978-3-423-**70817**-3
€ 7,95 [D] Ab 11

Eine Flugsimulation wird Realität: Ben und seine Freunde landen auf dem Mond. Doch wie kommen sie dort wieder weg?

2049
ISBN 978-3-423-**70852**-4
€ 7,50 [D] Ab 11

Plötzlich finden sich Miriam und ihre Freunde im Jahr 2049 wieder; d. h. eigentlich nur ihre Gehirnkopien ...

Chaos im Netzwerk-Clan
ISBN 978-3-423-**70975**-0
€ 7,95 [D] Ab 11

Während eines Computerspiels landen vier Jungs im Regenwald, wo sie schon sehnsüchtig von Außerirdischen erwartet werden.

Die Spur des Hackers
ISBN 978-3-423-**71183**-8
€ 7,– [D] Ab 11

Die Polizei interessiert sich für Bens Computer. Ist eine Hacker-Attacke daran schuld?

Reality Game
ISBN 978-3-423-**71206**-4
€ 7,50 [D] Ab 11

Bei einem interaktiven Fernsehspiel bekommen die Kandidaten Mikro-Computer implantiert, die ihre Gefühle beeinflussen.

Level 4.2
Zurück in der Stadt der Kinder
ISBN 978-3-423-**71281**-1
€ 6,95 [D] Ab 11

Fortsetzung des Erfolgsromans ›Level 4 – Die Stadt der Kinder‹.

Verliebt, na und wie!
Roman
ISBN 978-3-423-**70929**-3
€ 7,50 [D] Ab 12

Zwei Bücher in einem: Kathrin und Alex erzählen ihre gemeinsame Liebesgeschichte jeweils aus eigener Sicht.

Verliebt, immer wieder
Roman
ISBN 978-3-423-**70996**-5
€ 7,50 [D] Ab 12

Ein Wendebuch über Freundschaft und Liebe – von zwei Seiten zu lesen.
Happy End inklusive!

dtv

Deutscher Taschenbuch Verlag
Postfach 40 04 22, 80704 München
www.dtvjunior.de

Die dtv junior Taschenbücher und das dtv junior Gesamtverzeichnis sind in allen Buchhandlungen erhältlich.
Weitere Programminformationen finden Sie auf unserer Website.
Das dtv junior Gesamtverzeichnis können Sie auch per E-Mail bestellen: froschmeier@dtv.de oder per Post: Deutscher Taschenbuch Verlag, Frau Froschmeier, Postfach 400422, 80704 München.

Programm- und Preisänderungen vorbehalten.
Stand: November 2007

die haben Murks gemacht und jetzt läuft das Wasser auf die Straßen statt in die Leitungen!«

Frank betrachtete das vergitterte Tor. »Kein Problem, da rüberzuklettern«, befand er.

Ben sah das etwas anders, denn im Klettern war er eine Niete. Aber er musste wohl trotzdem irgendwie übers Tor.

»Also los!«, wandte er sich an Frank. Doch Frank stand nicht mehr neben ihm. »Frank?«

»Hier!«

Ben drehte sich um.

Frank winkte ihm von der anderen Seite des Zauns zu. »Wo bleibst du denn?«

Ben blieb die Spucke weg. »Wie bist du denn so schnell rübergekommen?«

Frank verdrehte die Augen und gab Ben ein paar Tipps, wie er über das Gatter kommen konnte.

Ben probierte es und schaffte es nach einigen Mühen schließlich auch.

»Endlich!«, empfing ihn Frank. »Weiter!«

Mit beklommenem Gefühl schlichen die beiden übers Gelände. Sie erinnerten sich noch gut, wie sie beim letzten Mal hier in diesem Werk schwere Auseinandersetzungen mit Kolja auszustehen gehabt hatten.

»Dort hinter der Mauer können wir uns erst einmal verstecken!«, schlug Frank vor.

Der gesamte Hof des Wasserwerkes war trocken,

fiel Ben auf. Obwohl doch die Stadt gerade überschwemmt wurde. Hoffentlich waren sie auf der richtigen Spur und das Wasser kam tatsächlich von hier!

»Und jetzt?«, fragte Frank. »Wie sollen wir denn jetzt weitermachen?«

Mit einem Mal schlug sich Ben vor die Stirn. »Himmel, was sind wir für Idioten!«

»Wieso?«, wunderte sich Frank.

Natürlich kannten sie einen, der sich hier auskannte, der beim letzten Mal, im vierten Level, das Wasser der ganzen Stadt abgestellt und gefordert hatte, als Chef der Stadt anerkannt zu werden.

»Kolja!«, rief Frank. »Aber natürlich! Kolja weiß, wie man das Wasser abstellt!«

Ben riss sein Handy aus der Hosentasche und rief Kolja an.

Der allerdings hörte das Klingeln in diesem Augenblick nicht.

»Dort!«, schrie Kolja. Das Boot mit dem kindlichen König war um die Ecke gebogen. Kolja und Achmed wateten hinterher, so schnell sie konnten. Es war gar nicht so leicht durch Wasser zu schreiten, das einem bis zu den Oberschenkeln reichte. Verbissen kämpften sie gegen den Widerstand des Wassers an.

»Schnell!«, keuchte Kolja.

»Ich beeile mich ja, ey!«, stöhnte Achmed. Er war schon drei, vier Meter zurückgefallen. Immer wieder liefen ihm fremde Kinder vor den Füßen herum, die in wilder Panik ins Trockene fliehen wollten, die Orientierung verloren, nach ihren Freunden riefen oder einfach nur nach irgendjemandem brüllten, der sie aus dem Wasser führen konnte.

Achmed und Kolja konnten sich nicht um sie kümmern.

»Aus dem Weg, ey!«, schrie Achmed, als ein kleines Mädchen sich an ihn klammerte.

Er schubste es beiseite.

Das Mädchen heulte los.

Achmed seufzte.

»Wo bleibst du denn?«, drängelte Kolja.

»Verflucht, ey!«, schimpfte Achmed. »Die lässt mich nicht los!«

»Ich will nach Hause!«, jammerte das Mädchen.

»Himmel!«, entfuhr es Achmed. Er packte das Mädchen an den Schultern. »Kennst du das Museum?«

Das Mädchen schniefte, wischte sich die Tränen aus den Augen und nickte.

Achmed fiel ein Stein vom Herzen. »Lauf dorthin. Wenn du andere Kinder triffst, die Angst haben, nimmst du sie mit. Okay, ey?«

Achmed machte, dass er weiterkam. Gleich hatte er die Blumenkübel erreicht, die gerade so weit auseinander standen, dass man von einem zum anderen übers Wasser hinwegspringen konnte. Wenn man gut war. Selbstverständlich war Achmed gut. Kolja war natürlich nicht auf diese Idee gekommen. Mit einem Satz hüpfte Achmed auf den ersten Kübel. Es funktionierte besser, als er gehofft hatte. Mit riesigen Schritten holte er Kolja schnell ein, hüpfte an ihm vorbei und rief ihm mit gestrecktem Mittelfinger zu: »Ey, du lahme Socke!«

Kolja schaute ihm nach. Achmed rutschte auf der Kante des letzten Kübels aus und landete mit einem Bauchklatscher im Wasser.

Kolja schüttete sich aus vor Lachen: »Besser eine lahme Socke als ein nasser Sack!«

Achmed tauchte auf, nun von Kopf bis Fuß durchnässt, fluchte und schüttelte sich.

Die beiden bogen um die nächste Ecke – und blieben mit offenen Mündern stehen. Keine zwanzig Schritte vor ihnen verließ der kindliche König das Schlauchboot und betrat das Haus zur linken Seite. An dieser Stelle aber gab es im Haus weder Türen noch Fenster.

»Der . . . der . . .«, stotterte Achmed und vergaß vor lauter Verblüffung sogar sein obligatorisches »ey«.

Kolja wusste, was Achmed sagen wollte. Der König war durch die Wand gegangen! Seine Helfer schoben das Schlauchboot wieder fort. Niemand, der es nicht zufällig gesehen hätte, wäre je auf die Idee gekommen, dass an dieser Stelle das Haus betreten werden konnte.

Kolja watete auf die Stelle zu, tastete sie ab. Er fühlte eine feste, undurchdringliche Wand, schlug mit der Faust dagegen. Das war eine Wand, zweifelsohne.

Achmed begann schon an seinem Verstand zu zweifeln. »Du hast es doch auch gesehen, oder, ey? Der Typ ist doch hier durchgegangen!« Zur Unterstreichung seiner Worte pikste er mit dem Finger gegen die Mauersteine.

Kolja nickte ihm zu.

»Wie kann denn das sein, ey?«

Kolja zuckte mit den Schultern, kratzte sich am Kopf.

Achmed zog sein Handy hervor.

»Wir müssen den anderen sagen, dass wir den König verloren haben!«

Er wählte Bens eingespeicherte Nummer.

»Das glauben die uns nie, ey!«

Während er auf die Verbindung wartete, schaute er auf seine Schuhspitzen. Das machte er oft beim Telefonieren. Es war eine unbewusste Handlung. Diesmal wurde ihm bewusst, wohin er schaute. Durch das Wasser hindurch konnte er seine Schuhspitzen nicht sehen.

»Geh schon ran, ey!«, sprach er mit sich selbst, blickte auf und . . .

Er ließ seinen Arm sinken.

»Kolja?«

Achmed drehte sich einmal um sich selbst. »Wo steckst du, ey?«

»Hallo?«, meldete sich Ben aus dem Handy.

Achmed hörte ihn nicht. Verwundert stand er da. Von Kolja keine Spur.

»Was soll das, ey?«, schimpfte er. »Wo steckst du?«

»Hallo!«, rief Ben in den Hörer.

Jetzt hatte Achmed es gehört. Er legte sich das Handy ans Ohr und sagte: »Kolja ist verschwunden!«

Überfall

Ben nahm Achmeds Schilderungen mit versteinerter Miene entgegen. Zuerst drehte Kathrin durch, dann mutierte Miriam zu einer stumpfsinnigen Busfahrerin und jetzt war auch noch Kolja verschwunden.

»Und warum hat es uns noch nicht erwischt?«, fragte Frank.

Ben wusste es nicht. Vielleicht war es nur Zufall. Doch bevor sie weiter darüber nachdachten, musste das Wasser gestoppt werden. Wenn ihnen das erst einmal gelänge, könnten sie sich anschließend ins Museum zurückziehen und in aller Ruhe die nächsten Schritte planen. Aus einem Gefühl heraus glaubte Ben, dass sie im Museum halbwegs sicher waren. Jetzt aber mussten sie alle verfügbaren Kräfte im Kampf gegen das Wasser mobilisieren. Also beorderte er Achmed zum Wasserwerk und bat auch Jennifer, dorthin zu kommen.

Wie Ben befürchtet hatte, weigerte sich Jennifer. Sie wollte ihre beste Freundin nicht im Stich lassen. Es dauerte eine ganze Weile, ehe Ben sie überzeugt hatte, dass Jennifer im Moment nichts für Miriam tun konnte und sie Miriam auch sicher nicht aus den Augen verlieren würden. »Sie folgt einem Programm«, war Ben sich sicher. »Sie wird einfach immer nur die Busstrecke rauf-

und runterfahren, bis der Spieler ihr eine andere Rolle zuteilt!«

Jennifer ließ sich überzeugen, wenngleich sie Miriam nur ungern verließ. Sie stieg an der nächsten Station aus. Sie waren schon recht weit vom Stadtzentrum entfernt. Bis hierher war das Wasser zwar noch nicht gekommen, aber zu Fuß zurückzukehren würde zu lange dauern. Jennifer hoffte sich irgendwo ein Fahrrad besorgen zu können, ohne gleich von einem der kindischen Polizisten angehalten zu werden.

Auf der gegenüberliegenden Straßenseite entdeckte sie ein schönes rotes Mountainbike, das an der Hauswand lehnte. So eines hätte sie sich gern zum Geburtstag gewünscht, wenn es nicht so sündhaft teuer gewesen wäre.

»Na, wer sagt's denn?«, freute sie sich. Gerade wollte sie die Straße überqueren, da knatterte ein Motorrad dicht an ihrer Nase vorbei.

»Hast du sie nicht mehr alle?«, schrie sie dem Fahrer hinterher.

Doch der Motorradfahrer beachtete sie gar nicht. Er machte einen Schlenker nach links, gab kurz wieder Vollgas, überholte den Bus, den Miriam steuerte, setzte sich davor und zwang ihn zum Anhalten.

Miriam hupte wie wild.

Der Motorradfahrer ließ sich davon nicht beeindrucken.

Ein zweites Motorrad donnerte an Jennifer vorbei.

Und auch aus den Seitenstraßen kamen jetzt welche herangebraust. Fünf Motorräder insgesamt, auf vieren saß jeweils jemand auf dem Soziussitz. Die Mitfahrer sprangen von den Böcken und – Jennifer riss Augen und Mund auf. Geschah wirklich das, was sie sah?

Die Beifahrer trugen Gewehre auf den Schultern! Blitzartig legten sie an und schossen wild in die Scheiben des Busses!

Jennifer durchzuckte nur ein Gedanke: Miriam war in dem Bus! Ihre beste Freundin wurde beschossen! Sie befand sich in Lebensgefahr!

»AUFHÖREN!«, schrie Jennifer. Ohne auch nur eine Sekunde zu überlegen, rannte sie auf den Bus zu. Sie wusste nicht, was sie tun sollte. Sie dachte auch nicht darüber nach. Ein Impuls sagte ihr nur, dass sie Miriam nicht im Stich lassen durfte. »Aufhören!«, schrie sie ein zweites Mal, so laut sie konnte.

Tatsächlich stellten die Täter die Ballerei ein. Zwei waren in den Bus gesprungen. Noch ehe Jennifer das Geschehen erreichte, kamen die Insassen heraus. Fünf Kinder waren es, die in den vergangenen Stationen zugestiegen waren. Sie hatten die Hände auf Befehl der Täter hinter den Köpfen verschränkt. Miriam verließ als Letzte den Bus. Jennifer blieb stehen und atmete durch. Gott sei Dank: Miriam war unverletzt. Die Komplizen durchsuchten die Kinder und nahmen ihnen alles ab, was sie bei sich trugen.

Ein Raubüberfall!, begriff Jennifer. Am *helllichten*

Tage, auf offener Straße. Jetzt war von den kindischen Polizisten natürlich weit und breit nichts zu sehen. Wenn man sie brauchte, waren sie nicht da.

Jennifer hielt Abstand. Sie versuchte sogar, ihn zu vergrößern, indem sie langsam einige Schritte rückwärtsging. Sie hatte ein Handy in der Tasche, aber wen hätte sie alarmieren können? Wer war in der Nähe, um zu helfen?

Sie beobachtete, wie Miriam gerade einem der Täter ihr Handy übergeben musste.

Wie wäre es mit einer Überraschung?, überlegte Jennifer und drückte auf ihrem Handy die Kurzwahltaste, unter der Miriams Nummer gespeichert war.

In der Hand des Räubers klingelte es. Da Miriam als Klingelton den Klang einer bellenden Dogge installiert hatte, hätte der Täter das Handy beinahe vor Schreck fallen lassen.

Jennifer verzog kurz den Mund zu einem Grinsen.

Der Täter drückte sie einfach weg.

Jetzt kam es darauf an! Jennifer erinnerte sich an zahlreiche kleine Wettkämpfe, die sie mit Miriam in langweiligen Geografiestunden ausgefochten hatte: Wer konnte Sätze wie *Schnöde Schweden schnaufen schamlos im schön verschneiten Schaumburg* am schnellsten fehlerfrei auf dem Handy als SMS tippen? Nicht selten hatte Jennifer gewonnen. Ihre Finger flogen nur so über die Tastatur. Mehr als je in einem der Wettkämpfe kam es in diesem Moment einzig auf die

Geschwindigkeit an. Der Täter musste die SMS erhalten, bevor er das Handy wegsteckte.

Fertig!

Miriams Handy piepte.

Der Täter sah auf das Display.

Hände hoch!

las er.

Ihr seid umstellt. Widerstand zwecklos.

Jennifer war stolz auf sich und überzeugt, soeben einen Weltrekord im SMS-Schnelltippen aufgestellt zu haben. Ihre Überraschung gelang.

Der Täter blickte sich erstaunt um.

Jennifer tippte wie wild weiter.

Das Handy piepte.

Der Täter schaute wieder hin.

Sofort Waffen hinlegen oder das Feuer wird eröffnet.

Verunsichert informierte er seine Komplizen. Sie berieten etwas, schienen unschlüssig, ob sie einem Scherz aufgesessen waren oder sich tatsächlich im Visier der Polizisten befanden. Sie trauten den kindischen Polizisten offenbar solche Methoden zu. Das hätte Jennifer auch getan. Das Gute war: Durch die Debatte der Täter untereinander bekamen auch die Opfer mit, was los war. Ihre Arme senkten sich ein wenig. Ein erstes Zeichen für bröckelnden Gehorsam. Jetzt musste der nächste Schritt folgen!

Leider fiel Jennifer überhaupt nicht ein, was der nächste Schritt sein konnte. Die wenigen Kinder auf der Straße verdrückten sich ängstlich in den Hauseingängen, von der Polizei war nach wie vor nichts zu sehen. Jennifer kaute auf den Lippen. Der Überraschungseffekt würde verpuffen, wenn ihr nicht gleich etwas Grandioses einfiel. Sie fühlte sich hilflos, allein, verlassen . . .

Das war es!

Sie wusste, dass sie allein war. Weit und breit war keine Polizei zu sehen. Aber die Täter wussten es nicht. Noch zweifelten sie, ob ihre Kurzmitteilungen nicht doch der Wahrheit entsprachen. Jennifer nahm sich vor, ihren Bluff auszureizen.

Sie riss die Arme hoch und rannte auf den Bus zu.

»In Deckung!«, schrie sie. »Scharfschützen! Runter!« Dabei bückte sie sich, als wollte sie sich jeden Moment auf den Boden werfen.

Die Täter sahen erschrocken in alle Richtungen. Bei echten, gefährlichen Verbrechern wäre dieser Bluff vermutlich ins Leere gelaufen, glaubte Jennifer, aber die Täter waren auch nur Kinder, höchstens 14 Jahre alt, als Diebe und Räuber ebenso unerfahren wie die Kinder als Polizisten, Verkäufer oder Busfahrer. Zwei der fünf sprangen sofort auf ihre Motorräder, gaben Gas und sausten davon. Einer warf sich tatsächlich zu Boden. Ein anderer legte das Gewehr an, wusste aber nicht, auf wen er zielen sollte. Der vor Miriam brauchte wohl noch einen Moment, um zu kapieren, was hier eigentlich geschah. Jetzt war die Chance gekommen, ihn zu überwältigen. Jennifer sah es deutlich. Merkte Miriam es denn nicht?

»Miriam! Wehr dich!«, rief Jennifer. Miriam reagierte nicht. Das konnte doch nicht sein!

»Mensch, Miriam!«, schrie Jennifer. »Hab doch nicht solche Angst. Das sind doch nur computergesteuerte Deppen. Programmiert im neuen Level 4.2. Erinnere dich, was Ben gesagt hat. Schlag zu. Den schaffst du doch!«

Miriams Gegner schien sich zu besinnen, doch Miriam war schneller. Sie trat ihrem Gegenüber mit aller Kraft gegens Schienbein, verpasste ihm eine schallende Ohrfeige, riss ihm erst das Gewehr, dann das Handy aus den Fingern und fauchte ihn an: »Mach bloß, dass du wegkommst!«

Der Junge wollte auf das Motorrad springen, aber sein Fahrer war schon abgehauen. So nahm er einfach die Beine in die Hand und lief davon.

Bevor der Letzte der Gruppe Dummheiten mit seinem Gewehr anstellen konnte, war Jennifer schon bei ihm, sprang ihm auf den Rücken, verdrehte ihm den Helm, den er noch trug, so, dass er nichts mehr sehen konnte, biss ihm in den Arm, bis der Junge laut schreiend das Gewehr fallen ließ und ebenfalls schnell davonlief.

»Die gehen mit Gewehren auf uns los!«, beschwerte sich Miriam. »Ich glaube, bei denen hackt es!«

Jennifer schaute ihrer Freundin in die Augen: »Miriam!«

Miriam blickte verwundert zurück.

»Du bist ja wieder die Alte!«, lachte Jennifer.

»Hä?«, machte Miriam. Sie hatte nicht die geringste Ahnung, wovon Jennifer sprach.

Rettung

Jennifer war glücklich, ihre Freundin Miriam wiederzuhaben. Ihre alte Freundin, wie Jennifer sie kannte und mochte: keck, aufgeweckt und voller Tatendrang.

Jennifer drängte darauf, so schnell wie möglich zum Wasserwerk zu fahren.

»Das Wasser läuft noch immer?«, fragte Miriam. »Aber hier ist es doch trocken!«

»Wir sind weit draußen!«, erklärte Jennifer. »Aber wenn das Wasser nicht gestoppt wird, wird es auch hierher kommen!«

»Dann stoppen wir es doch!«, schlug Miriam vor. »Während Ben versucht, die Ursache zu beseitigen, können wir uns schon mal nützlich machen!« Sie schlug vor, das Wasser wie einen Fluss durch die Stadt zu führen und dabei möglichst viele Seitenstraßen so abzudichten, dass das Wasser nicht eindringen konnte. Ebenso die Wohnhäuser und Geschäfte. »Am besten, wir nehmen alles, was wir kriegen können: Türen, Säcke, Bretter . . . was weiß ich!«

Miriam hatte recht. Es war besser, wenigstens ein bisschen was zu tun, als nur dazustehen und untätig zuzuschauen, wie die Stadt allmählich mit Wasser volllief.

»Also!« Jennifer klatschte in die Hände, um sich selbst Mut zu machen, aber auch, um die Kinder, die noch immer unschlüssig vor dem Bus standen und als Fahrgäste einsteigen wollten, aufzurütteln. »Ihr habt es gehört! Wir krempeln die Ärmel auf und dichten alle Häuser und trockenen Seitenstraßen ab. Dazu sammeln wir alles mögliche Material, das zum Abdichten taugt, und fahren mit dem Bus dem Wasser entgegen. Okay?«

Ein Kind meldete sich schüchtern zu Wort. Es war Jennifer schon vorher im Bus aufgefallen. Es trug einen dunklen Anzug, weißes Hemd, Krawatte und dazu einen Hut und einen Regenschirm. Es wäre glatt als englischer Butler durchgegangen, nicht aber als ein normales Kind, das Bus fahren wollte: »Verzeihen Sie, aber ich muss mit dem Bus in die andere Richtung fahren, um meinen Verpflichtungen nachzukommen! Leider kann ich Ihnen bei Ihrem Vorhaben nicht behilflich sein!«

Jennifer starrte ihn an.

Miriam kam hinzu, stellte sich neben Jennifer vor dem Anzugträger auf.

»Was sagt er?«

Der Knabe wiederholte, er habe wichtigen Verpflichtungen nachzukommen.

»Verpflichtungen? Hör zu, Schleimi!« Miriam packte den Knaben bei der Krawatte. »Du kannst bestenfalls 'ne Pflichtschelle fangen, wenn du nicht mitmachst. Die einzige Verpflichtung, die du hast, ist, uns zu helfen. Verstanden?«

»Aber ich ...«, wollte der Anzugträger erwidern.

Miriam ließ ihn nicht zu Wort kommen: »Schau mal, Schmalzbacke!«

Sie drehte den Kopf des Jungen zur linken Seite. »Dort ist eine Baustelle mit vielen schönen Brettern. Die trägst du alle hier in den Bus hinein! Das ist ein Befehl. Verstanden?« Jennifer erinnerte sich, wie Miriam sich gerade zurückverwandelt hatte. Was hatte sie gesagt? »Computergesteuerte Deppen. Programmiert im neuen Level 4.2.«

Steckte in diesem Satz ein Codewort? »Deppen« war es wohl kaum. Vielleicht »Level 4.2«? Jennifer beschloss, es zu probieren.

»Level 4.2!«, rief sie dem Jungen zu.

Der Junge schüttelte kurz den Kopf und wirkte verwirrt.

Miriam wiederholte ihren Befehl.

Der Junge legte seinen Hut beiseite, zog sein Jackett aus, legte die Krawatte ab, krempelte die Ärmel auf.

»Hilft jemand mit?«, fragte er in die Runde der anderen Fahrgäste.

Niemand meldete sich.

Noch vier Kinder standen auf der Straße. Alle vier dachten nach wie vor nur daran, in den Bus als normales Verkehrsmittel einzusteigen, um ganz normal zu ihrem Fahrziel zu gelangen.

Ein Mädchen behauptete, sie müsste ihr Kind vom Kindergarten abholen, dabei war sie selbst höchstens zwölf Jahre alt. Ein Junge wollte pünktlich zu seiner Spätschicht kommen. Angeblich arbeitete er in einer Autofabrik. Nie hatten Jennifer und Miriam davon gehört, dass es in der Stadt eine Autofabrik gab. Ein anderes Mädchen wollte auf keinen Fall ihren Geigenunterricht verpassen und der letzte Junge glaubte sogar, er wäre ein Arzt.

»Jetzt langt es mir!«, schimpfte Miriam. »Bin ich hier nur von Bekloppten umgeben?«

»Moment!«, sagte Jennifer.

Das alte Spiel **Die Stadt der Kinder** besaß ein neues Level, in dem die Kinder zu Spielfiguren programmiert, manipuliert und vom Spieler gelenkt wurden.

Der Spieler hatte Miriam die Rolle einer Busfahrerin zugeteilt, die sie auch brav gespielt hatte, ebenso wie jetzt die Kinder um sie herum sich als Arzt, Mutter, Butler und Geigenvirtuosin fühlten. Offenbar hieß das Codewort, das die Kinder zurückholte, wie das neue Level: *Level 4.2.*

Jennifer ging auf den »Arzt« zu und sagte: »Level 4.2.«

Der Arzt schüttelte kurz den Kopf, legte seine Tasche beiseite und fragte: »Wo sollen die Bretter denn hin?«

Es funktionierte!

»Es gibt ein Codewort!«, staunte Jennifer.

Wasserwerk

Ben staunte nicht schlecht über Jennifers Bericht. Noch immer stand er allein mit Frank im Innenhof des Wasserwerks und wusste nicht, wo er mit der Suche nach der Ursache der Wasserflut beginnen sollte. Weit und breit war niemand zu sehen. Doch plötzlich hörten sie Schüsse. Sie kamen eindeutig aus dem Gebäude, hinter dessen Mauern Ben und Frank sich verzogen hatten.

Frank legte sein Ohr an die Mauer. »Hast du das auch gehört?«

»Mann, wer schießt denn in einem Wasserwerk?«, fragte sich Ben.

»Dort oben ist ein Fenster!«, antwortete Frank. Gut einen Meter über ihren Köpfen schimmerte Licht aus dem Gebäude.

Ben kletterte auf Franks Schultern, sodass er in das Gebäude lugen konnte.

»Was siehst du?«, fragte Frank.

»Runter!«, befahl Ben und duckte sich.

Frank warf Ben von seinen Schultern. Ben kippte hinunter und landete hart. Er rieb sich den schmerzenden Arm, aber weiter war nichts passiert.

»Was war?«, fragte Frank.

»Vermummte!«, stieß Ben hervor. Der Schreck war ihm immer noch ins Gesicht geschrieben.

»Was denn für Vermummte?«, wunderte sich Frank. »Du meinst, die überfallen gerade das Wasserwerk?«

Ben schüttelte den Kopf. »Nicht das Wasserwerk! Die planen irgendwas anderes!«

»Mann, die Stadt läuft voll Wasser und die haben nichts Besseres zu tun, als hier einen Überfall vorzubereiten . . . !«, meinte Frank und stutzte. »Ich sage dir, *die* haben die Stadt überschwemmt, um von ihrem geplanten Überfall abzulenken!«

Bens Handy klingelte. Achmed war dran und berichtete, dass nun endlich etliche Feuerwehren in der Stadt aufgetaucht waren, um gegen die Flut zu kämpfen.

»Der Plan geht auf!« Ben nickte Frank zu.

»Hä?«, machte Achmed. »Was für'n Plan, ey? Die haben doch keinen Plan. Ihr müsstet mal sehen, wie die Feuerwehrleute Auto fahren. Voll krank, ey!« Er machte eine kleine Pause. Plötzlich schrie er: »SCHEISSE!«

»Achmed?«, rief Ben ins Telefon.

Doch die Verbindung war unterbrochen.

Das Handy klingelte erneut.

Aber Ben konnte nicht mehr annehmen.

»Schnüffler!«, hallte ein Ruf durch den Hof des Wasserwerks.

Hinter Ben und Frank waren mit einem Mal zwei Vermummte aufgetaucht. Groß und breitschultrig standen sie da, in schwarze Overalls gekleidet. Sie klopften langsam ihre Schlagstöcke in die Handflächen, näherten sich mit schweren Schritten.

Ben und Frank saßen in der Falle.

Immerhin trugen sie keine Schusswaffen bei sich, erkannte Frank. Das ermöglichte die Chance, davonzulaufen. Frank zwinkerte Ben kurz zu. Der verstand: Sie mussten in verschiedene Richtungen fliehen, das würde die Verfolgung erschweren.

Ben hatte keine Zweifel, dass Frank den Vermummten entkommen konnte. Frank war schnell, sportlich, kräftig, bei blendender Kondition. Aber er? Ihn würden sie sofort fassen.

»Bei drei?«, flüsterte Frank. Die Vermummten waren höchstens noch zwanzig Schritte entfernt. Hinter ihnen und zu beiden Seiten tauchten schon weitere Vermummte auf.

»Wohin?«, fragte Ben im Flüsterton zurück.

»Egal!«, antwortete Frank. »Nur weg. Jetzt!«

Mit diesen Worten rannte er los.

Drei Vermummte setzten ihm nach.

»Warte!«, wollte Ben noch rufen, doch es war zu spät.

Frank lief seitlich an der Mauer entlang. Die Vermummten hinter ihm her. Einer versperrte ihm den Weg. Keine Chance für Frank, zu entkommen, so schien es. Doch plötzlich schlug Frank einen Haken. Der Vermummte vor ihm und die Verfolger hinter ihm liefen ungewollt aufeinander zu, korrigierten ihre Richtung und setzten Frank weiter nach, der schon wieder einen Haken schlug, eine Kurve lief und erneut an der Hauswand ankam, die nun aber frei war, weil der Bewacher vor ihm nun zur Gruppe gehörte, die ihm nachfolgte. Frank hatte die Kette durchbrochen und beschleunigte sein Tempo.

Ben stand immer noch auf seinem Platz wie angewachsen. Er hatte keine Zeit mehr, zu überlegen. Nicht eine Zehntelsekunde. Die Vermummten liefen auf ihn zu. Wenn sie den einen schon nicht bekamen, würden sie sich den anderen schnappen. Der andere, das war Ben.

Weg. Sofort. Egal, wohin, hallte es durch Bens Kopf. Doch er war zu langsam. Viel zu langsam. Erbärmlich. Eben nicht so ein Supersportler wie Frank.

Der erste Vermummte war fast an ihm dran. Einen Schritt noch. Keine Chance, zu entkommen, außer ...

»Level 4.2!«, schrie Ben ihn an.

Der Vermummte stoppte.

Obwohl Ben gehofft hatte, dass genau dies eintreten würde, war er doch verblüfft. Was Jennifer gesagt hatte, funktionierte tatsächlich.

Ben fiel ein Stein vom Herzen. Aus fünf Vermummten, die ihn verfolgten und einsperren wollten, waren fünf Verbündete geworden. Er sah sich nach Frank um, konnte ihn jedoch nirgends entdecken. Ben ärgerte sich. Wäre ihm diese Lösung doch nur eher eingefallen! Er konnte nur hoffen, dass Frank entweder von selbst auf die Lösung kam oder seinen Verfolgern entkommen war.

»Okay!«, sagte Ben. »Ihr müsst mir helfen, das Wasser zu stoppen. Als Erstes zeigt ihr mir, wo das Wasser im Wasserwerk abgestellt werden kann!«

Die Vermummten sahen Ben an.

Ben stutzte. Er hatte eine prompte Antwort erwartet.

»Was für ein Wasserwerk?«, fragte einer der Vermummten.

Verworrene Verhältnisse

Den aktuellen Angriff hatte Ben abwehren können, aber einen wirklichen Schritt war er nicht weitergekommen. Fünf Vermummte standen vor ihm und fragten sich, wo sie waren und was passiert war. Die Zeit, in der sie als Spielfiguren in der Stadt agiert hatten, war komplett aus ihrem Gedächtnis gelöscht. Nicht einmal die Überschwemmung hatten sie mitbekommen, obwohl Ben sicher war, dass sie sie selbst ausgelöst hatten. Was sollte er jetzt mit den fünf anfangen? Wenn er sie laufen ließ, bestand die Gefahr, dass sie in der nächsten Minute wieder in ihren Rollen als Vermummte aktiviert wurden.

Ben schaute in den Himmel, als ob man dort das übermenschlich große Gesicht des Spielers, der sie manipulierte, erkennen konnte. Unsinn!, sagte er sich. Aber irgendwo musste es eine Zentrale geben, in der das Computerspiel gesteuert wurde. Damals, im vierten Level, hatte der entscheidende Goldene Computer im Rathaus gestanden.

Ben schnippte mit den Fingern. Im Rathaus! Natürlich! Weshalb sollte es diesmal anders sein? Dass er darauf noch nicht gekommen war! Sie mussten wieder ins Rathaus zu dem Goldenen Computer! Doch zunächst einmal musste er Frank wiederfinden.

Ben fuhr sich durchs Haar.

»Kennt ihr euch hier im Wasserwerk aus?«, fragte er. Die Antwort war enttäuschend.

»Okay!«, sagte Ben. »Geht raus in die Stadt und sagt allen Kindern, die euch nicht merkwürdig vorkommen, Bescheid, sie sollen zum Museum kommen!«

»Was sollen die denn im Museum? Ich geh lieber nach Hause«, sagte einer.

»Weshalb sind wir eigentlich hier?«, wollte ein anderer wissen und schaute sich um. »Ich war noch nie hier im Wasserwerk. Sieht total öde aus. Sind wir auf einem Schulausflug?«

Ben war der Verzweiflung nahe.

»Hört zu!«, sagte er den fünfen. »Ich kann es jetzt nicht erklären. Geht hinaus in die Stadt. Ihr werdet schnell sehen, dass mit dieser Stadt etwas nicht stimmt. Wenn ihr das kapiert habt, dann schickt alle Kinder, die euch halbwegs normal vorkommen, zum Museum. Okay?«

Als Antwort erntete Ben höhnisches Gelächter. Die Vermummten hielten Ben für einen Wichtigtuer, machten sich über ihn lustig, zeigten ihm einen Vogel und machten sich auf, das Wasserwerk zu verlassen.

»Ach, eines noch!«, rief Ben ihnen hinterher.

Die fünf blieben stehen.

»Versucht mal herauszubekommen, weshalb ihr vermummt seid!«, rief Ben.

Die fünf sahen sich an. Zwei hatten ihre Vermummung noch nicht abgelegt, die anderen hielten die Masken noch in ihren Händen.

Darüber hatten sie tatsächlich noch nicht nachgedacht. Weshalb waren sie vermummt?

Dem Nörgler fiel noch etwas auf.

»Wisst ihr was?«, fragte er in die Runde.

Die anderen schüttelten die Köpfe.

»Wir kennen uns gar nicht. Ich habe euch vier vorher noch nie gesehen. Was mache ich mit euch in Bankräuberverkleidung im Wasserwerk?«, wunderte er sich.

Nun schauten auch die anderen verdutzt.

Ben schmunzelte.

»Ihr seid auf dem richtigen Weg!«, rief er ihnen zu. »Wir sehen uns also im Museum.«

Er wandte sich um, wusste aber nicht so recht, wohin er gehen sollte. Wenn er nur Frank wiederfinden würde!

Frank wäre in diesem Moment gern bei Ben gewesen. Stattdessen drückte er sich an die schmutzige, klamme Wand irgendwo in einem Keller des Wasserwerks. Auf der Flucht vor den Vermummten hatte er nicht darauf geachtet, wo er hingelaufen war, hatte immer nur die nächsten paar Meter überlegt. Hier einen Haken, dort durch eine Tür, eine Treppe hinunter, wieder durch Türen, Gänge, um Ecken herum, bis er hier gelandet war, in einem großen Keller, der kreuz und quer mit Rohren durchzogen war. Es rauschte, röhrte, röchelte. Geräusche von Pumpen auf Hochtouren, fließendem Wasser. Hier und da tropfte etwas. Auf der einen Seite sprang eine Maschine an, auf der anderen schaltete sich eine ab und umgekehrt. In der Ferne blinkten Kontrolllampen. Das Licht war fahl und warf mehr lange Schatten, als dass es irgendetwas beleuchtete. Frank hörte seinen eigenen schweren Atem. Er versuchte sich zu beruhigen. Eine Tür wurde aufgestoßen. Schritte im Raum. Viele Schritte, Wortfetzen, Befehle. Seine Verfolger waren da! Sie teilten sich in Gruppen, um den Keller zu durchsuchen. Wenn ihm nicht schnell etwas einfiel, würden sie ihn schnappen. Aber wie sollte ihm etwas einfallen, hier, an einem Ort, an dem er noch nie zuvor gewesen war? Seine Verfolger hingegen kannten sich aus. Ihre Schritte gingen schnell und zielsicher. Die schienen genau zu wissen, wo sie hinwollten.

Frank sah nun einige Schatten hinten durch die Gänge huschen. Sie blieben vor den Kontrolllämpchen stehen. Schienen etwas zu prüfen. Unternahmen nichts. Offenbar war alles in Ordnung. Aus deren Sicht. Durch Zufall war Frank vielleicht genau an jene Stelle gelangt, die sie gesucht hatten: die zentrale Schaltstelle des Wassers!

Plötzlich eine Stimme, die er kannte. Das war doch ...?

Von dieser Position aus konnte er nicht sehen, wer sprach, doch die Stimme war unverkennbar. Eigentlich.

Unter anderen Bedingungen hätte Frank keine Zweifel gehabt, aber hier? Er brauchte Gewissheit, wollte nachschauen. Dazu musste er aber seine geschützte Stellung aufgeben. Hier in der Nische fühlte er sich am sichersten. Aber vermutlich war es ein Trugschluss. Gleich würden seine Verfolger hier auftauchen. Wohin konnte er sich verziehen? Gab es kein Versteck mit einem guten Blick? Wohin er auch schaute, nichts als kahle Gänge und unendlich viele Rohre. Nur darüber ...

Sollte er?

Über den Rohren, knapp unter der Decke verlief über den gesamten Keller ein metallenes Gangsystem. Wie Baugerüste, die alle Sektoren des gigantischen Kellers miteinander verbanden. Er hörte, dass die ersten Verfolger schon über die eisernen Gänge trampelten. Von dort hatten sie einen guten Überblick über das Labyrinth aus Wasserrohren. Es hatte keinen Sinn, durch die oberen Gänge zu laufen. Man würde ihn schnell entdecken. Wenn er allerdings nicht *auf* den oberen Wegen entlanglief, sondern sich stattdessen *unter* ihnen entlanghangeln würde? Seine Verfolger suchten die oberen Gänge auf den Metallgerüsten und die unteren Gänge des Kellers ab. Dass sich jemand zwischen diesen beiden Gängen an den Gerüsten entlanghangeln würde, auf die Idee würden seine Verfolger vermutlich nicht kommen. Hoffte Frank. Jedenfalls sah er darin seine Chance.

Noch einmal vergewisserte er sich, dass ihn noch

niemand entdeckt hatte, dann rannte er los. Nicht bis zur Treppe, die aufs Gerüst hinaufführte, sondern nur zu einem der Stützpfeiler. Er kletterte an dem Pfeiler hinauf, krallte sich mit den Fingern im Gitter des Ganges fest und hing nun unter dem Gerüst wie ein Äffchen an seinem Lieblingskletterbaum.

Kopfüber konnte Frank das gesamte Rohrsystem des Kellers überblicken und sah, wessen Stimme er zu erkennen geglaubt hatte. Vor Schreck wäre er beinahe vom Gerüst gefallen. Dort unten vor den Kontrollschaltern debattierten die Vermummten mit einem, zu dem sie offenbar großes Vertrauen hatten. Es war Kolja!

Museum!

Thomas hatte schwer mit sich zu kämpfen. Einerseits sollte er das Museum zu einem Treffpunkt für seine Freunde einrichten, an dem man auch schlafen, essen und sich waschen konnte. Es freute ihn, für so eine wichtige Aufgabe eingeteilt zu sein, und er war auch mit Eifer und Spaß dabei. Eigentlich. Andererseits aber gab es in einem Museum so unendlich viel zu entdecken. Thomas musste sich eingestehen, dass ihn Museen unter normalen Umständen herzlich wenig interessierten, er sie sogar als ausgesprochen langweilig empfand. Aber jetzt war es etwas anderes. Er war Herr im Haus, durfte alles anfassen, umstellen, ausprobieren und am liebsten hätte er alle Exponate des Museums mitgenommen und als Sammlerstücke zu Hause in die Garage seines Vaters gestellt, die schon mit seinen unzähligen anderen Fundsachen bis unter die Decke gefüllt war. Natürlich ging das nicht. Seine Garage war viel zu klein. Außerdem wäre es Diebstahl gewesen. Zwar waren zurzeit keine Erwachsenen da, trotzdem gehörten all die schönen, alten Dinge dem Museum. Thomas hatte noch nie etwas gestohlen. All seine Sammlerstücke hatte er ausnahmslos gefunden.

Zum ersten Mal in seinem Leben stellte er sich vor, später vielleicht einmal Museumsdirektor zu werden oder noch besser, gleich ein eigenes Museum zu eröffnen. Ein Museum weggeworfener Dinge. Da konnten die Leute sich mal anschauen, was sie alles so in den Müll warfen, was noch gut, nützlich und zu gebrauchen war!

Er stellte eine alte Kaffeemühle zurück an ihren Platz. Soweit er wusste, hatte seine Großmutter in ihrer Jugendzeit den Kaffee für jede Tasse noch mit der Hand mahlen müssen. Das ging ja noch. Noch schlimmer war der hölzerne Waschbottich mit dem Waschbrett darin. Er begriff, was die Zeitschriften meinten, wenn sie von einem »Waschbrettbauch« sprachen. Er hatte zwar schon immer gewusst, wie ein Waschbrettbauch aussah, hatte sich aber lange gefragt, was denn eigentlich ein Waschbrett war. Dunkel erinnerte er sich, dass sein Opa manchmal gern Bands hörte, die Waschbretter als Musikinstrumente nutzten. Aber zum Waschen? Hemd für Hemd, T-Shirt für T-Shirt mit der Hand über die geriffelte Fläche schrubben? Das dauerte doch ewig! Der alte Herd gefiel ihm schon besser. Kochen auf echtem Feuer machte sicher viel mehr Spaß als mit Ceran-Kochfeldern. Zu Ostern nahm er mit seinen Eltern oft am Osterfeuer teil, in das er dann Würstchen am Stock hineinhielt. Er liebte diese Würstchen, auch wenn sie manchmal verbrannten. An anderen Tagen kochte seine Mutter selbst die Frühstückseier mit elektrischen Kochern, die piepten, wenn die Eier fertig waren. Sein Vater mochte die

Eier am liebsten sehr weich, Thomas lieber härter. Als Kompromiss kamen stets Eier aus dem Kocher, die beiden nicht schmeckten. Thomas überlegte, ob man die alte Ausstellungsküche nicht aktivieren könnte. Sie hätten natürlich auch die Küche des Restaurant-Cafés im zweiten Stock nutzen können. Aber hier mit echtem Feuer zu kochen wäre doch viel gemütlicher. Ben würde bestimmt motzen und Frank die Nase rümpfen, aber er war sich sicher, in diesem Fall Jennifer und Miriam auf seiner Seite zu haben. Sie würden bestimmt nichts dagegen haben, ein wenig Romantik in dieses Abenteuer zu bringen. Außerdem, da war Thomas sich sicher, würde das Essen auf echtem Feuer gegart garantiert erheblich besser schmecken, als wenn sie oben im Restaurant ein paar Dosen aufwärmten. Auch wenn es ein wenig länger dauern würde. Was machte das schon? Die anderen waren ihm ohnehin immer viel zu hetzig.

Thomas war entschlossen, diesen alten Feuerherd zu nutzen. Die Frage war nur, ob er funktionierte. Soweit er erkennen konnte, führte ein Rohr vom Herd in die Wand. Das ließ hoffen, obwohl es ihn wunderte. Wieso war ein alter Herd im Museum angeschlossen? Hier kochte doch niemand! Der Herd war nichts weiter als ein Ausstellungsstück. Andererseits: Auch Museen ließen sich immer wieder etwas Neues einfallen, um Besucher anzulocken. Vielleicht fanden hier altertümliche Koch-Events statt, wie auf dem Marktplatz manchmal Mittelalter-Feste organisiert wurden. Jennifer hätte das bestimmt gewusst.

Mit einem Feuerhaken hob Thomas eine der vier eisernen Platten an und schaute in den Herd hinein. Er hatte gehofft, darin noch etwas Asche zu finden, doch der Herd war sauber. Wenn der Herd noch in Betrieb genommen wurde, reinigten die Angestellten des Museums hinterher sicher wieder alles picobello, sagte er sich. Zwar war der Herd rußig, aber der Ruß konnte uralt sein. Er schnüffelte wie ein Hund auf der Fährte. Kein Feuergeruch.

Das hieß nichts. Er legte die Platte zurück, öffnete vorn die Herdklappe, steckte den Kopf hinein. Auch hier fand er keinen Hinweis, dass der Herd vor Kurzem benutzt worden wäre. Er wollte gerade den Kopf wieder aus dem Herd zurückziehen, da entdeckte er etwas.

Das war doch nicht möglich!

Durch den Herdboden führte eine Treppe in die Tiefe!

»Wow!«, stieß Thomas aus, wirbelte dadurch etwas Ruß auf, der ihm ins Gesicht schlug. Schnell zog er den Kopf heraus und hustete. Anschließend legte er den Kopf auf den Boden und schaute unter den Herd. Der Herd stand auf metallenen Füßen. Unter dem Herd war es frei. Man hätte mit dem Besen unter ihm kehren können. Das konnte doch nicht sein!

Wieder steckte er den Kopf in den Herd; diesmal nur ➧

halb. Gerade mal so weit, dass er den Boden im Inneren des Herdes sehen konnte. Wieder sah er die Treppe. Mindestens fünfzig Stufen hatte die! Von außen hätte man unterhalb des Herdes die Treppe sehen müssen! Hier ging etwas nicht mit rechten Dingen zu!

Ihm fiel ein, was Ben zur Stadt der Kinder gesagt hatte. Es war ein Computerspiel. Sie selbst waren Teil dieses Spiels! Und in einem Spiel konnte es eben Herde geben, die innen Treppen hatten, die man von außen nicht sehen konnte. Mit anderen Worten: Thomas hatte soeben einen geheimen Gang im Computerspiel entdeckt! Thomas ballte triumphierend die Faust. Was für eine Fundsache!

Er griff zu seinem Handy, um sofort die anderen zu informieren. Per Kurzwahltaste wählte er Bens Nummer und erhielt die Meldung, dass sein Guthaben aufgebraucht war.

»Verflucht!«, schimpfte er. Die Handys, die er an der Bushaltestelle gefunden hatte, lagen noch in der Schule. Hätte er bloß nicht auf Jennifer gehört und wenigstens eines behalten! Das hatte er nun davon. Nun stand er mutterseelenallein im Museum und konnte seine Freunde nicht einmal mehr anrufen!

Einen Moment zögerte er, was er tun sollte. Auf die anderen warten? Wer wusste schon, wann die kamen? Wenn sie überhaupt kamen! Auf dem Fenstersims hatten sie ihn auch sitzen lassen. Vielleicht hatten sich alle schon wieder in der Schule versammelt und *zufällig* vergessen, ihn zu informieren. Er hatte keine Möglichkeit, nachzufragen.

Halt! Das stimmte nicht! Er konnte ins Büro des Museums laufen, um das Festnetz-Telefon zu benutzen. Das Büro befand sich im zweiten Stock, er war in der historischen Küche in der ersten Etage.

Und was würde Bens erste Frage sein? Als Erstes würde er wissen wollen, was sich am Ende der Treppe befand. Und Thomas würde dumm dastehen und sagen müssen, dass er nicht nachgesehen hatte. Kolja und Achmed würden wieder blöde Sprüche über ihn machen, Frank mitleidig den Kopf schütteln und nur Jennifer oder Miriam tröstendes Verständnis für ihn zeigen, insgeheim ihn aber sicher auch für eine Pfeife halten, weil er sich die Treppe nicht hinuntergetraut hatte.

Thomas beschloss, sich die Sache erst einmal anzusehen, ehe er die anderen informierte. Vielleicht war es nur eine Finte des Computerspiels und die Treppe landete lediglich in einer Kammer mit Besen und Staubsauger. Das wäre ein gefundenes Fressen für Kolja und Achmed!

Thomas kletterte in den Herd hinein. Es erstaunte ihn, wie leicht das ging. Er hatte erst Bedenken gehabt, die Klappe wäre vielleicht zu eng. Doch er passte bequem hindurch. Hatte sein Augenmaß ihn so getäuscht oder hatte die Klappe sich unmerklich geweitet?

Thomas hockte nun im rußigen Herd und sah die Treppe hinunter. Das Ende konnte er nicht erkennen, dafür war es zu dunkel. Diese Stadt der Kinder, egal in welchem Level, brach immer so schnell über sie herein. Er hatte wieder keine Zeit gehabt, sich in Ruhe vorzubereiten, sonst hätte er alle wichtigen Dinge wie Taschenlampe, Seil, Proviant, Messer und vieles andere aus seiner Garage mitgenommen. Nun hockte er hier, ohne irgendetwas dabeizuhaben. Nicht einmal Licht.

Er überlegte kurz, ob er umkehren sollte, um im Museum nach einer Taschenlampe zu suchen, entschloss sich dann aber, es einfach mal so zu versuchen, und stieg die Treppe hinab. Sie war kürzer, als er dachte, ging am Ende aber nahtlos in einen Gang über, der auf seltsame Art schummrig beleuchtet war. Thomas erkannte sofort, woran ihn die Beleuchtung erinnerte. In unterirdischen Gängen von Computerspielen, die spannend und unheimlich wirkten, konnte man auch immer alles erkennen, obwohl man oft weder Lampen noch Fackeln sah. Es war irgendwie einfach eine Beleuchtung da.

Thomas überlegte, ob er umkehren sollte. In Computerspielen tauchten in solchen Gängen meistens Monster, blutrünstige Roboter oder brutale Kampfmaschinen auf. Aber die Stadt der Kinder war keines dieser Spiele. Hier landete man höchstens urplötzlich in einem Kindergarten und musste sich um schreiende Blagen kümmern, um Punkte zu bekommen. Eigentlich erst recht ein Grund, sofort umzukehren. Aber er hörte Stimmen.

»Ben? Frank?«, rief er in den Gang hinein. Es hätte ihn nicht gewundert, einen seiner Freunde zu treffen. Wo geheime Gänge waren, konnten die nicht weit sein. So wie er ein Näschen für gefundene Dinge hatte, stolperten seine Freunde gern in die tollsten Abenteuer. Aber weder Ben noch Frank meldeten sich.

»Miriam? Jennifer?«, versuchte er es weiter.

Plötzlich schoss etwas von hinten durch den Gang, sauste dicht über Thomas' Kopf hinweg. Er spürte einen Luftzug über seinen Haarspitzen, einen Flügelschlag. Ihm blieb für eine Schrecksekunde das Herz stehen, um dann umso heftiger zu schlagen. Thomas riss den Mund auf, war aber unfähig, auch nur einen Ton herauszubringen. Himmel, was war das?

Das Etwas kehrte um, kam direkt auf ihn zu!

Thomas duckte sich.

Eine Fledermaus schoss über ihn hinweg und verschwand im Nichts.

»Mistvieh!«, schimpfte Thomas und hielt sich schnell die Hand vor den Mund. Nicht dass das beleidigte Tier nun mit einer ganzen Armee von Artgenossen anrückte.

»Ich hab's nicht so gemeint!«, rief er der längst verschwundenen Fledermaus hinterher.

Ein wenig wartete er noch ab.

Alles blieb ruhig.

Schließlich konzentrierte er sich wieder auf die Stimmen. Waren sie noch zu hören?

Von irgendwoher drangen einzelne Rufe zu ihm. Befehle, so schien es.

Wer mochte das sein?

»Kolja?«, rief Thomas. »Achmed?«

Keine Antwort.

Nun wurde ihm aber doch unheimlich. Sollte er nicht besser umkehren? Vielleicht noch fünf, sechs Meter weiter. Wenn er dann die Stimmen nicht besser hören und identifizieren konnte, würde er ins Museum zurückkehren und den anderen Bescheid geben.

Nach vier Schritten entdeckte er eine Metallklappe in der Wand. Fast so eine wie im Herd, nur größer und schmutziger, mit einem verrosteten Griff. Thomas hätte sie für eine Schornsteinklappe oder etwas Ähnliches gehalten und sie nicht weiter beachtet. Aber hinter dieser Klappe waren die Stimmen zu hören!

Er legte sein Ohr an die Klappe. Viele Stimmen. Manche waren weit entfernt, andere deutlich zu hören, wieder andere nur als dumpfe Geräusche wahrzunehmen, ohne dass er sie verstanden hätte.

Die Stimmen riefen sich immer wieder etwas zu. Da schienen einige Kinder aufgeregt etwas zu suchen. Vielleicht konnte er helfen? Denn eine der Stimmen kam ihm sehr bekannt vor.

Rettungsaktion

Miriam und Jennifer hatten mittlerweile einen ganzen Bus voller Kinder zusammengesammelt. Ein paar hatten sie per Befehl aus ihren Rollen herausgeholt, anderen war noch keine Rolle zugeteilt worden und sie waren als normale Kinder durch die Stadt geirrt. Nur allzu gern schlossen sie sich Miriam und Jennifer an, die den Kampf gegen das steigende Wasser aufgenommen hatten.

Miriam parkte den Bus mitten in der Hauptstraße. Als sie die Türen öffnete, lief schon auf Knöchelhöhe das Wasser herein, so hoch war der Pegel in der Stadt mittlerweile gestiegen. Auf der Hauptstraße reichte das Wasser schon bis über die Oberschenkel.

Die Feuerwehren waren auf dem Rathausplatz zwar voll im Einsatz, aber sie wussten nicht so recht, was sie tun sollten. Hätte es gebrannt, hätten sie mit Wasser das Feuer gelöscht. Aber was unternahm man gegen steigendes Wasser? Sie hatten Pumpen. Aber wo sollten sie mit dem vielen Wasser hin? Es von einer Straße in die andere zu pumpen ergab keinen Sinn. Es gab keinen See, keinen Fluss, keine großen Becken, in die sie das Wasser hätten pumpen können. So liefen die Feuerwehrleute zwar aufgeregt durcheinander, fuhren ihre Wagen den Rathausplatz rauf und runter, aber ihnen fiel nicht eine einzige Maßnahme ein, das Wasser zu stoppen.

»Es hilft nichts, wir müssen hinaus!«, rief Jennifer durchs Mikrofon. »Weiß jeder, was er zu tun hat?«

Zustimmende Rufe schallten ihr entgegen. Jennifers Plan war einfach: Die Kinder sollten so schnell wie möglich alles zusammensammeln, womit man Wasser aufhalten konnte, und damit die Seitenstraßen verbarrikadieren. Jennifer und Miriam wollten das Wasser als einen großen Fluss die Hauptstraße entlang durch die Stadt leiten, ohne dass es sich durch die Seitengassen weiter in der gesamten Stadt verteilen konnte. Sie wussten nicht, was am Ende der Stadt mit dem Wasser passieren würde, denn sie hatten keine Ahnung, wie das Ende der Stadt aussah. Normalerweise gelangte man hinter der Stadtgrenze auf Felder, Wiesen, Wälder, Landstraßen, das Haus von Franks Eltern, auf Autobahnen und schließlich in Nachbarstädte. Aber sie waren nicht in einer normalen Welt. Sie waren in ihrer Stadt, die plötzlich den Regeln eines Computerspiels folgte. Ein Computerspiel war eine in sich geschlossene Einheit, in der es weder benachbarte Städte noch sonst irgendeine Welt außerhalb gab.

Miriam hatte den Bus nicht an einer willkürlichen Stelle angehalten, sondern sich sehr bewusst für diesen Ort entschieden. Zur rechten Seite lagen die Häuser und Geschäfte auf einer leichten Anhöhe, die das Wasser noch nicht erreicht hatte und somit noch zu retten war. Zur Linken standen die Läden zwar schon unter Wasser, aber eines davon war ein Fachgeschäft für Bootsausstattungen. Neben allem Zubehör waren im großen Schaufenster auch zwei Boote ausgestellt. Hinter dem Bootsladen gab es einen Baumarkt mit einer großen Gartenabteilung und wenige Schritte davon entfernt ein Bauunternehmen. Alles, was sie benötigten, würden sie dort reichlich vorfinden: Säcke, Sand, Plastikplanen, Holzbretter, Wände, Mauersteine und so weiter. Ohne weitere Fragen zu stellen, sprangen die rund fünfzig Kinder aus dem Bus und kämpften sich durchs Wasser zum Baumarkt.

»Und vergesst nicht, jedem, dem ihr begegnet, den Befehl zu erteilen, mitzuhelfen!«, erinnerte Jennifer. »Insbesondere, wenn eine Feuerwehr vorbeikommt!« Obwohl Jennifer so ihre Zweifel hatte, dass Kinder, die sich als Feuerwehr fühlten, sich von anderen etwas sagen lassen würden. »Denkt an das Codewort!«

Dennoch: Ihr Plan funktionierte gut.

Vom Haltepunkt des Busses bis zum Baumarkt waren es vielleicht fünfzig Meter. Doch schon auf dieser kurzen Strecke hatte sich die Anzahl der Kinder, die bereit war zu helfen, bereits verdoppelt. Kaum von der programmierten Rolle befreit, erkannte jeder sofort, was das Problem in der Stadt war und dass man mit anpacken musste.

Jennifer und Miriam zwinkerten sich zufrieden zu. Zwar wussten sie nicht, ob sie den Kampf gegen das

Wasser gewinnen konnten, aber sie waren zuversichtlich, die Gefahr wenigstens erheblich eindämmen zu können.

»Wir holen uns eines der Boote!«, entschied Miriam. »Mit dem Bus kommen wir nicht viel weiter!«

Jennifer nickte. Zwar lag das Museum ebenfalls auf der Anhöhe, aber der Rathausplatz und ein Großteil des Stadtzentrums waren bereits überschwemmt und wohl nur noch per Boot zu erreichen. Mit dem Boot konnten sie außerdem das Material aus dem Baumarkt transportieren.

Das Schaufenster des Bootsgeschäftes war schon so voll Wasser gelaufen, dass die beiden Ausstellungsboote sich aus ihren Halteständern gelöst hatten und frei durch den Laden schwammen: ein kleineres Segelboot und eines mit Motor, so groß, dass Jennifer es schon als kleine Jacht bezeichnet hätte. Bis zum Gürtel im Wasser, watete Jennifer auf das kleine Segelboot zu. Miriam jedoch blieb bei dem größeren Motorboot stehen.

»Wir nehmen dieses!«

»Kannst du denn so ein Boot fahren?«, fragte Jennifer. Jetzt, da sie direkt vor dem Boot stand, erschien es ihr noch viel größer, als es von außen durchs Schaufenster gewirkt hatte.

»Segeln kann ich jedenfalls nicht!«, antwortete Miriam.

Bestimmt liefen durch die Stadt einige Kinder, die im

Segelverein waren, wollte Jennifer sagen, doch Miriam hatte die Motorjacht schon erobert.

»Ey, die haben sogar einen Kühlschrank an Bord!«, freute sie sich.

Jennifer seufzte. Gekühlte Getränke würden die Fahrt auch nicht sicherer machen, dachte sie bei sich, kletterte dann aber ebenfalls auf das große Motorboot. Als sie das Armaturenbrett sah, schlug sie die Hände über dem Kopf zusammen. So viele Knöpfe!

»Himmel, da weiß man ja gar nicht . . .« Weiter kam sie nicht.

Miriam hatte einfach einen Knopf gedrückt, auf dem *Start* geschrieben stand. Der Motor sprang an. Die Druckwelle der Schraube fegte die Auslagen aus den Regalen und ließ sie als Treibgut quer durch den Laden schwimmen.

»Sei bloß vorsichtig«, mahnte Jennifer.

»Der Hebel hier sieht aus wie das Gaspedal!«, fand Miriam.

»Und wenn nicht?«, wandte Jennifer ein.

Aber solche Einwände ließ Miriam nicht gelten. »Du hast wohl noch nie Baywatch geguckt?«, grinste sie und zog den Hebel herunter.

Das Motorschiff jagte los.

»STOPP!«, schrie Jennifer.

Die Regale wurden an die Wände geschleudert.

»HALT AN!«

Doch Miriam war durch die rasante Anfahrt hingefallen. Sie rappelte sich auf, klammerte sich an das Steuerrad, wollte zum Gashebel fassen, da sah sie schon das Schaufenster auf sich zukommen.

»O Scheiße!«, konnte sie gerade noch sagen.

Das Motorboot donnerte durch die Schaufensterscheibe.

Jennifer ließ sich zu Boden fallen, hielt sich schützend die Hände über den Kopf.

Miriam duckte sich beiseite, versuchte aber noch, über das Steuerrad hinwegzuschauen, um mitzubekommen, wohin das Boot fuhr.

Die Scheibe zersplitterte, Tausende Glasscherben schossen in alle Richtungen, krachten in die Regale, zerfetzten Wände, Gefäße und Türen, peitschten über die Wasseroberfläche und regneten wie Eiskristalle auf die Kinder draußen herab.

»AUFGEPASST!«, schrie Miriam. Natürlich hörte sie niemand. Das Motorengeheul, die zerberstende Glasscheibe, die nahezu explodierende Ladeneinrichtung übertönten alles.

Die Kinder vor dem Laden sprangen in Panik zu allen Seiten, um sich vor dem unkontrolliert rasenden Boot zu retten. Miriam riss das Steuer herum und den Gashebel herunter. Das Heck des Bootes schleuderte herum, verursachte eine gewaltige Welle, die am Bus brandete und ihn für einen kurzen Moment unter sich vergrub. Endlich kam das Boot zum Stehen.

»HAST DU SIE NICHT MEHR ALLE?«, fuhr Jennifer Miriam an.

»Was denn?«, verteidigte sich Miriam. »Alles unter Kontrolle!«

Jennifer blickte zurück in das Bootsgeschäft, das nur noch ein einziger Trümmerhaufen war. Die Wasseroberfläche war übersät mit Glasscherben, die langsam untergingen. Tüten, Papiere, Dosen und Schachteln, Schwimmwesten, Taue, Eimer, Plastikgeschirr, Prospekte, Segel und Hunderte anderer Dinge schwammen um sie herum. Mittendrin standen die Kinder, prüften, ob bei ihnen alles in Ordnung war und sie sich nicht verletzt hatten. Nacheinander tauchten einzelne Köpfe aus dem Wasser auf, schnappten nach Luft, riefen um Hilfe.

»Alles unter Kontrolle!«, wiederholte Jennifer verächtlich. Sie beugte sich weit über Bord und rief zu den Kindern im Wasser hinunter: »Ist jemand verletzt?«

Es antwortete niemand. Jennifer wiederholte ihre Frage, wechselte von Steuerbord auf Backbord und rief auch von hier noch zweimal die Frage hinunter ins Wasser.

Wie durch ein Wunder schien sich niemand verletzt zu haben.

»Manchmal hast du echt einen Knall, Miriam!«, schimpfte Jennifer noch mal.

Miriam zuckte mit den Schultern. »Man muss auch mal etwas wagen!«

Jennifer warf ihr einen giftigen Blick zu.

Ein Junge im Wasser fuchtelte wütend mit den Fäusten in der Luft herum und rief nach der Polizei.

»Das ist wohl der Verkäufer des Bootsladens!«, vermutete Miriam.

Jennifer rief ihm das Codewort zu und bat ihn, sich an der Hilfsaktion für die Stadt zu beteiligen.

Der Junge erwachte aus seiner Rolle als Verkäufer, schaute sich verwirrt um und wunderte sich, warum die Stadt voller Wasser war und er bis zum Bauch darin herumstand.

Zwei andere Jungs erklärten ihm schnell, was passiert war, und der Junge gliederte sich in die Hilfsaktion ein.

»Los!«, rief einer aus dem Wasser zum Schiff hinauf. »Wir haben ein ganzes Lager voller gefüllter Säcke gefunden. Das ist wohl Torf oder so. Können wir aber nehmen, um einen Damm zu bauen!«

»Super!«, antwortete Miriam und startete erneut den Motor, diesmal langsam und vorsichtig. Es funktionierte. Gemächlich tuckerte das Boot an dem zerstörten Laden vorbei in die Seitenstraße zum Baumarkt, wo etliche Kinder die Motorjacht mit Material vollluden, um die noch trockenen Seitengassen auf der anderen Straßenseite mit Dämmen zu verschließen.

Rettung in letzter Sekunde

Frank hing wie ein Gecko kopfüber an der Unterseite des Gerüstes. Seine Finger schmerzten, die Arme zitterten vor Anstrengung und langsam kündigte sich ein Wadenkrampf an. Doch unter ihm suchten die Vermummten unbeirrt nach ihm, gingen Gang für Gang systematisch ab.

Kolja hatte das Kommando übernommen, dieser Verräter!

»Ich schwöre euch, er ist noch hier drinnen!«, rief er den Vermummten zu. Und ich weiß auch schon, wie wir ihn zu fassen bekommen!«, triumphierte er, holte sein Handy aus der Tasche und hielt es in die Luft.

Was wollte Kolja mit dem Handy? Woher nahm er die Zuversicht, Frank in Kürze zu erwischen? Hatte Frank etwas übersehen? Wen wollte Kolja anrufen? Es gab doch hoffentlich nicht einen zweiten Verräter in der Gruppe? Frank konnte es sich nicht vorstellen. Und selbst wenn, niemand von seinen Freunden wusste, wo er sich in diesem Augenblick befand. Somit konnte es auch niemand verraten haben.

Kolja drückte eine Taste auf seinem Handy.

Frank überlegte noch immer, wen Kolja anrufen wollte, als sein Handy klingelte.

Mist!, fluchte Frank. Ausgerechnet jetzt! Er hatte

keine Hand frei, das Telefon auszuschalten. Es wäre auch zu spät gewesen.

Lächelnd blickte Kolja zu ihm hinauf.

»Na, was habe ich gesagt?«, grinste er.

Erst jetzt begriff Frank, dass er selbst es war, den Kolja angerufen hatte. Natürlich! Kolja besaß Franks Nummer und wusste, dass das Klingeln ihn verraten würde. Frank war auf einen billigen Trick hereingefallen.

»Schnappt ihn euch!«, befahl Kolja.

Zum Glück hing Frank hoch genug über den Köpfen seiner Verfolger. Sie konnten nicht direkt an ihn herangelangen. Doch schon rannten die Ersten die metallenen Treppen hinauf und würden gleich hier über ihm ankommen, seine Finger vom Gitter lösen und er würde Kolja direkt in die Arme fallen: Ihm musste etwas einfallen. Schnell. Sofort. Wie eine Raubkatze sprang er Kolja auf den Rücken, spreizte bei der Landung weit seine Beine, um noch zwei weitere Vermummte mit zu Boden zu reißen, fiel mit schwerem Gewicht auf Kolja, der unter Franks Last zu Boden ging und hart aufschlug. Kolja röchelte.

Frank war weich auf Kolja gefallen, sprang sofort wieder auf, verpasste den letzten beiden verblüfften Vermummten je einen Tritt und sauste los den Gang entlang, schlug einen Haken, blieb kurz stehen, suchte, wohin er am besten fliehen konnte, entdeckte am Ende dieses Ganges eine Tür, von der er nicht wusste, ob sie verschlossen war, und neben sich eine Klappe, etwa in Augenhöhe. Vermutlich ein Lüftungsschacht. Vielleicht ließ die Klappe sich öffnen?

Frank fasste nach dem Griff. Noch ehe er ihn berührte, schlug die Klappe mit einer solchen Wucht auf, dass sie Frank beinahe ins Gesicht geschlagen wäre. Im letzten Moment konnte er zurückweichen.

Aus der Klappe lugte der Kopf von . . .

»Thomas!«, rief Frank aus. »Was machst du denn hier?«

»Das Gleiche könnte ich dich fragen!«, gab Thomas zurück.

Eine Antwort bekam er allerdings nicht.

»Dort!«, rief einer der Vermummten.

»Zurück!«, schrie Frank Thomas an.

Natürlich reagierte Thomas wieder zu langsam.

Trotzdem sprang Frank mit einem Hechtsprung durch die Klappe, blieb auf der Hälfte stecken.

»Zieh!«, schrie er.

Thomas zog Frank am Oberkörper in seinen Gang hinein.

Kurz bevor einer der Vermummten Franks Bein erwischen konnte, war er durch die Klappe hinüber auf Thomas' Seite gerutscht.

»Zu!«, befahl Frank.

Die Klappe ließ sich nicht schließen, weil der Verfolger durch sie hindurchguckte.

Thomas überlegte nicht lange. Er ballte die Faust

und gab dem Vermummten eins auf die Nase. Nicht besonders stark, weil Thomas nicht sehr kräftig war. Es genügte aber, dass der Vermummte vor Schreck seinen Kopf kurz zurückzog und Thomas die Klappe schließen und verriegeln konnte.

»Super!«, lobte Frank. »Rettung in letzter Sekunde!«

Ruhe vor dem Sturm

Nachdem Ben die fünf Vermummten in die Stadt geschickt hatte, war er über den Hof des Wasserwerkes gegangen.

Seinem Ziel, das Wasser in der Stadt zu stoppen, war er immer noch nicht näher gekommen. Zu blöde, dass er allein war. Allmählich müsste doch Achmed mal im Wasserwerk auftauchen. Wo steckte der bloß?

»Da bist du ja, ey!« Als hätte er Bens Gedanken gelesen, stand Achmed plötzlich hinter Ben. »Ich suche dich schon eine Ewigkeit!«

»Wo hast du denn gesucht?«, wunderte sich Ben.

Er hatte sich die ganze Zeit nicht vom Innenhof des Wasserwerks fortbewegt. Einen besseren Präsentierteller gab es auf dem gesamten Gelände nicht.

»Ich bin durchs Fenster in der Haupthalle geklettert, ey!«, antwortete Achmed. »Ich dachte, unter all den Arbeitern fällt man vielleicht nicht so auf!«

»Was für eine Haupthalle?«, fragte Ben.

Achmed wunderte sich über die Frage. Er zeigte auf das Haus, vor dem sie standen. »Na, das hier ist doch nur die Verwaltung. Das eigentliche Wasserwerk liegt dahinter. Da musste ich erst um dieses fette Verwaltungsgebäude herumlaufen. Voll der krasse Umweg, ey. Und . . .«

»Mann!«, schrie Ben.

»Was, ey?«, fragte Achmed.

»Das ist es!« Ben packte Achmed an den Schultern und schüttelte ihn durch. »Ich Idiot zermartere mir meine Rübe und du latschst ganz unbedarft durch die Zentrale, die das Wasser steuert!«

»Und, ey?« Achmed begriff immer noch nicht.

»Los, Mann!«, forderte Ben ihn auf. »Wir müssen rüber ins Haupthaus!«

»Nicht so schnell!«, rief Achmed ihm nach. Die triefend nasse Hose zog schwer an seinen Beinen. Jeder Schritt in seinen durchnässten Schuhen gab ein matschendes Geräusch von sich, als würde er über Pfirsichtorten mit Schlagsahne laufen.

Auch das Hemd war noch klitschnass und wog so viel wie ein dicker Wollpullover. Achmed kam sich vor wie ein Astronaut auf einem Planeten mit doppelt so hoher Schwerkraft. Mühsam und schwerfällig stapfte er Ben hinterher.

Endlich waren sie im Haupthaus angekommen. Achmed legte die Hände auf die Knie und verschnaufte.

Ben wagte einen Schritt durch die schwere Stahltür, die in die Halle führte.

Kaum hatte er den Kopf hindurchgesteckt, hörte er ein lautes Pfeifen, gefolgt von einem Befehl.

»Pumpen stopp!«

Ein Teil des Maschinengeräusches verstummte, andere summten und brummten weiter.

»Pumpen gestoppt!«, kam ein Ruf zurück.

Es war unglaublich. Wenn Ben alles richtig begriff, dann wurde die Stadt überschwemmt, weil hier eine Horde von Kindern absichtlich die Stadt geflutet hatte und jetzt das Wasser wieder abstellte.

»Das gibt es doch nicht!«, flüsterte Ben Achmed zu. »Die haben . . .«

Bevor er Achmed seinen Verdacht ausführlich erläuterte, zeigte der mit dem Finger in die Halle, als wäre er einem Geist begegnet. »Ey, guck ma'! Wo kommt der denn her?«

Durch eine seitliche Eingangstür betrat Kolja die Halle.

Achmed wollte gerade auf ihn zulaufen, fragen, wie er von der Straße verschwunden war, warum er ihn allein hatte stehen lassen, aber Ben hielt ihn zurück.

»Da stimmt etwas nicht«, ahnte Ben.

»Er ist ein Verräter!«

Ben fuhr herum. Das war doch Franks Stimme gewesen!

»Hier unten!«

Direkt vor Bens Füßen hatte sich ein Gullydeckel einen Spaltbreit erhoben. Aus dem Spalt schauten Franks Augen hervor.

»Sag mal, spinn ich, ey?« Achmed kratzte sich am Kopf. »Erst taucht Kolja aus dem Nichts auf, dann kommt Frank aus der Erde gekrabbelt. Ey, was macht ihr alle hier?«

Frank schob den Gullydeckel beiseite, kletterte hinaus und half dann Thomas aus dem Schacht.

»Kann mir mal jemand sagen, was hier abgeht, ey?«, maulte Achmed.

»Das weiß ich auch nicht genau. Aber was auch immer es ist, es geht jetzt erst richtig los!« Ben zeigte in die Halle.

Zwischen all den Maschinen, Geräten und Rohren formierten sich die Kinder, die Ben und Achmed bis eben noch für Arbeiter gehalten hatten. Sie trugen Kampfanzüge, hatten sich mit Mützen vermummt und hielten Gewehre im Anschlag. Einer stellte sich auf eine Maschine und begann, eine Rede zu halten. Es war niemand anderes als – Kolja!

Schüsse!

»Das Wasser steigt nicht mehr!«

Miriam war es, die diese Neuigkeit verkündete.

»Woher willst du das wissen?«, fragte Jennifer. »Das Wasser fließt so langsam, da kann man an der Strömung gar nichts erkennen!«

Miriam zeigte auf den Bus. »Siehst du den Aufkleber: *Ab 18 Uhr bitte nur vorne einsteigen?*«

Der Aufkleber war neben der hinteren Eingangstür angebracht. Über der Schrift wies ein Symbol mit einem Richtungspfeil auf den Fahrer hin.

Miriam tippte auf den gemalten Fahrer. »Zuerst waren nur seine Füße vom Wasser bedeckt, dann bekam er einen nassen Hintern!« Sie tippte wieder auf die entsprechende Stelle des Aufklebers. »Und jetzt stehen nicht mal mehr seine Füße im Wasser!«

»Nicht schlecht!«, lobte Jennifer. »Also wissen wir: Das Wasser fließt irgendwo ab und es kommt nichts mehr nach.«

Miriam kletterte auf den Bus, hielt sich die Hände wie einen Trichter vor den Mund und wiederholte laut schreiend: »Aaaaarbeiten einsteeeellen! Das Wasser ist gestoooooppt!«

»Wer ist gedopt?«, fragte ein Junge ein neben ihm stehendes Mädchen.

Das Mädchen antwortete nicht, sondern nahm dem Jungen die Baseballkappe vom Kopf, schöpfte sie voll Wasser und setzte sie dem Jungen wieder auf.

»Ohrenspülung!«, sagte sie, während dem Jungen das Wasser aus der Kappe über den Kopf lief.

Das ließ der Junge sich nicht bieten. Sofort setzte er zum Gegenangriff an, indem er dem Mädchen ein Bein stellte und sie schubste. Sie landete im Wasser und tauchte nicht mehr auf.

»Hey?«, fragte der Junge ein wenig erschrocken. Er beugte sich zu dem Mädchen herunter. In dem Moment tauchte ihr Kopf aus dem Wasser auf und spuckte dem Jungen einen dicken Strahl ins Gesicht.

»Bäh!«, schrie er.

Das Mädchen kicherte.

Doch im nächsten Moment traf sie ein Wasserfall. Ein anderer Junge goss einen ganzen Eimer Wasser über sie aus. Auch diese Tat blieb nicht lange ungesühnt. Ein Mädchen trug trotz des Abbruchs der Arbeiten noch immer einen schweren Sandsack in der Hand. Weil sie ohnehin nicht wusste, wohin sie den nun packen sollte, rief sie kurz dem Jungen zu. Der drehte sich um und empfing unverhofft einen fliegenden Sandsack. Er prallte ihm gegen die Brust und unter einem kurzen Aufschrei versank der Junge unter dem Sandsack im Wasser.

Da einer den anderen rächte, dauerte es nicht lang, bis mitten in der Hauptstraße die größte Wasserschlacht im Gange war, die Miriam jemals miterlebt hatte. Sie stand noch immer oben auf dem Bus, schlug sich auf die Schenkel, johlte und lachte – bis ein fliegender Sandsack ihr die Füße fortriss. Sie fiel hin, rutschte vom Dach des Busses und landete im Wasser.

»Stopp!«, schrie Jennifer. Vergeblich. Wenn hundert oder mehr Kinder sich in einer Wasserschlacht befanden, war da wenig zu machen. Es sei denn, ein Gewehrschuss knallte plötzlich durch die Häuserschluchten.

Und genau das geschah in diesem Augenblick.

Schlagartig stoppte die Wasserschlacht. Wie schockgefroren erstarrten mehr als hundert Kinder in der Bewegung.

»Was war das?«, fragte Miriam und packte instinktiv Jennifers Arm.

»Ein Schuss! Das ist doch nicht möglich!«, rief Jennifer. Sie sahen sich um und horchten.

Es blieb ruhig. Aber es war eine kalte Ruhe. Eine, die etwas Furchtbares ankündigte. Ein Luftholen des Schreckens, der gleich über sie hereinbrechen würde. Jennifer begann zu zittern, nicht in erster Linie wegen der nasskalten Kleidung, die ihr schwer am Körper klebte.

Und dann ging es los.

Jennifer und Miriam hatten so etwas noch nie gehört. Vielleicht hörte es sich so auf einem Truppenübungsplatz der Bundeswehr während eines Manövers an.

Vielleicht klang ein Krieg so. Sie wussten es nicht. Es ballerte und knallte durch die Häuserschluchten, die die Schüsse akustisch um ein Vielfaches verstärkten. Schon unter normalen Umständen wäre Jennifer der Schreck in die Glieder gefahren. Wenn Schüsse fielen, verhieß es niemals etwas Gutes. Aber jetzt war es noch schlimmer. Es gab nur Kinder in der Stadt. Wenn Schüsse fielen, hieß es, Kinder schossen auf Kinder!

Es hätten auch wenige Kinder sein können, die sich aus einem Geschäft ein paar Waffen besorgt hatten und diese übermütig ausprobierten. Das wäre irrsinnig gewesen, doch Jennifer hoffte fast, dass es sich so verhielt. Aber sie musste zugeben: So hörte es sich nicht an.

»Wo kommt das her?«, fragte Miriam.

Eine gute Frage, fand Jennifer. Die Schüsse waren nicht zu orten. War eine Salve verklungen, so hätte sie schwören können, die Schüsse waren hinter ihr gefallen, doch schon bei der nächsten glaubte sie ebenso fest, sie von vorn gehört zu haben.

Da klingelte das Handy in Jennifers Tasche.

Es war Ben. »Wo seid ihr?«, fragte er aufgeregt.

Jennifer erklärte es ihm und auch, was bisher vorgefallen war und dass sie jetzt Schüsse hörten, die sie nicht lokalisieren konnten.

»Die Schüsse kommen von hier, vom Wasserwerk!«, antwortete Ben.

»Was?«

Ben, Frank, Achmed und Thomas hatten sich in einen Winkel verkrochen und Koljas Ansprache gelauscht. Was sie hörten, war schier unglaublich. Aber alle vier hatten es mit eigenen Ohren gehört: Kolja hatte die anwesenden Vermummten dazu aufgerufen, mit Waffengewalt den König zu stürzen! Seine Anhänger ballerten begeistert in die Luft, und dann machten sie sich auf zum Rathaus.

Die Überflutung der Stadt sollte Chaos in der Stadt verbreiten, damit die Verschwörer dann ungestört das Rathaus stürmen konnten.

»Das Rathaus?«, rief Jennifer dazwischen. »Wieso denn das Rathaus?«

»Offenbar halten sie es für den Sitz des Königs, weil es in unserer Stadt kein Schloss gibt!«, vermutete Ben.

»Ein König residiert niemals im Rathaus!«, erwiderte Jennifer.

»Bist du sicher?«

Jennifer war sich sicher.

»Warum wollen die denn den König stürzen?«, fragte Miriam.

»Was weiß ich?«, brüllte es aus Jennifers Handy heraus. So aufgeregt hatte sie Ben lange nicht gehört. »Ich weiß ja nicht einmal, warum es einen König gibt, was er zu sagen hat, wo er herkommt und wieso Kolja plötzlich Chef der vermummten Bande geworden ist. Ich weiß überhaupt nichts mehr. Ich weiß nur, dass die ...«

»Was ist?«, brüllte Jennifer in ihr Mobiltelefon. »Ben! Ben?«

Sie hörte eine neue Salve Schüsse!

»Scheiße!«, kam es aus dem Telefon.

»Wir kommen euch entgegen!«, entschied Jennifer.

»Nein! Nein!«, erwiderte Ben.

Dann war Stille.

»Hallo?«, fragte Jennifer. Keine Antwort. »BEN!«, kreischte sie.

Abwesend, als könnte sie bis ins Universum schauen, glotzte Jennifer das Telefon an. Dann hatte sie sich wieder gefangen: »Wir müssen zum Rathausplatz. Sofort!«

Genauso hätte Miriam auch entschieden. Wenn ihre Freunde in Gefahr waren, dann gab es kein Zögern. Nur ein Blick auf die über hundert Kinder, die fleißig die Barrikaden gebaut hatten, ließ sie stutzen.

»Alle?«, fragte Miriam.

Jennifer hatte darüber nicht nachgedacht. Sie wusste nicht, was auf dem Rathausplatz los war. Sie wusste jetzt nur, von dort kamen die Schüsse und Ben schien in Gefahr zu sein.

»Lieber nicht!«, sagte sie deshalb und wollte gerade aufbrechen.

Miriam hielt sie zurück. »Aber was sollen sie denn sonst tun? Wenn wir sie hier stehen lassen, werden sie vielleicht wieder zu so idiotischen Figuren, die sich als Verkäufer oder Busfahrer fühlen!«

Jennifer biss sich auf die Lippen, wie immer, wenn sie intensiv nachdachte. Offenbar gab es in dieser Stadt einen König, der alle manipulierten Figuren zu seinen Anhängern zählte. Kolja versuchte anscheinend, das Problem mal wieder mit Gewalt zu lösen, indem er eine Horde Vermummte mobilisierte, die durch die Stadt zog und um sich ballerte. Alle die, die der geheimnisvolle Spieler noch nicht manipuliert hatte, gehörten demnach weder zu der einen noch zu der anderen Gruppe.

»Wir machen eine dritte Gruppe auf!«, sagte Jennifer plötzlich.

Miriam begriff nicht. »Was denn für eine dritte Gruppe?«

»Die sollen alle ins Museum gehen!«, befahl Jennifer. »Ich hoffe, Thomas hat dort seine Vorbereitungen beendet! Wir kommen dann auch dorthin!«

Miriam nickte. Sie verstand es zwar nicht richtig, aber etwas Besseres fiel ihr auch nicht ein. Sie überlegte, wen sie mit der Aufgabe betrauen konnte, schaute vom Dach des Busses über die Schar von Kindern hinweg und entdeckte plötzlich lächelnd einen alten Bekannten. Sie hatte gar nicht mitbekommen, dass der sich unter die Helfer gemischt hatte.

»Norbert!«, rief sie.

Norbert, der Junge von der freiwilligen Jugendfeuerwehr. Sie sprang vom Bus und landete bis zu den Knien im Wasser. So schnell, wie das Wasser gekommen war, so verschwand es auch wieder. Offenbar folgte selbst so ein natürliches Element wie Wasser den virtuellen Regeln eines Computerspiels. Das Motorboot war schon auf Grund gelaufen und in eine Schräglage gefallen. Gerade hatte Miriam noch gehofft, mit dem Boot zum Rathaus fahren zu können. Sie lief auf Norbert zu und fiel ihm zur Begrüßung um den Hals. Die beiden hatten sich sehr lange nicht gesehen – zuletzt bei ihrem ersten Abenteuer in der »Stadt der Kinder«. Nachdem sie damals aus dem Spiel herausgefunden hatten, war Norbert nie wieder in Miriams Leben aufgetaucht. Man konnte fast glauben, er wäre nur eine Figur aus dem Computerspiel ...

Leider blieb auch jetzt keine Zeit für einen langen Austausch von Nettigkeiten. Miriam erklärte schnell, worum sie Norbert bat.

Der nickte ihr mit einem Lächeln zu, das ebenfalls ein großes Bedauern ausdrückte, sie so lange nicht gesehen zu haben.

»Danke!«, hauchte Miriam ihm entgegen, gab ihm ein Küsschen auf die Wange.

»Die werde ich nie mehr waschen!«, lachte Norbert und winkte Miriam hinterher, die schon wieder zum Bus zurückkehrte.

»Wir sehen uns im Museum. Verlass dich auf mich!«, rief Norbert.

»Endlich!« Jennifer platzte bald vor Ungeduld. Sie wähnte Ben in Gefahr und es wurde Zeit, ihm zu Hilfe zu eilen.

Miriam übernahm das Steuer des Busses, schickte ein Stoßgebet zum Himmel, dass der Motor die Überschwemmung gut überstanden hatte, und drehte den Zündschlüssel herum. Der Motor sprang sofort an.

»Gute deutsche Wertarbeit!«, kommentierte Miriam.

»Das ist ein Japaner!«, korrigierte Jennifer.

Bürgerkrieg!

Die Fahrt zum Rathausplatz war sehr bedrückend, fand Jennifer. Als sie das erste Mal die Strecke in die entgegengesetzte Richtung gefahren waren, weil sie eigentlich zum Zoo wollten, war die Stadt noch in Ordnung gewesen. Seltsam, aber in Ordnung. Viele Kinder hatten die Funktionen der Erwachsenen übernommen, die Geschäfte geleitet, die Polizeifunktionen ausgeübt und sich wie erwachsene Geschäftsleute benommen, auch wenn sie damit mitunter überfordert gewesen waren. Doch die Stadt hatte aufgeräumt, organisiert und ordentlich gewirkt. Sogar ein bisschen zu ordentlich für Jennifers Geschmack.

Jetzt fuhren sie durch eine Stadt, die wirkte wie nach einem Krieg. Das Wasser hatte seine Spuren hinterlassen. Schaufenster und Türen waren zum großen Teil zerstört, die Waren aus den Läden lagen verstreut in den Straßen, manche Häuserwände waren eingestürzt und die Fassaden auseinandergebrochen. Jennifer sah Kinder verzweifelt am Straßenrand stehen oder damit beschäftigt, notdürftig aufzuräumen. Andere irrten orientierungslos durch die Stadt. Einige durchforsteten die herumliegenden Reste nach brauchbaren Dingen oder versuchten gar, die noch halbwegs unversehrten Geschäfte zu plündern. Hier und da trieben kleine Polizisten die Streuner und Plünderer mit Knüppeln auseinander, andere in Uniform aber vergaßen ihre Pflichten und machten sich selbst daran, alles einzustecken, was nicht schnell genug bewacht oder weggeschlossen werden konnte.

Das Chaos, das Jennifer und Miriam früher in der Stadt der Kinder im Einkaufszentrum erlebt hatten und das noch am Morgen von ihnen vermisst worden war, hatte sich nun im ganzen Zentrum der Stadt ausgebreitet.

Die Schüsse, die die Mädchen alarmiert hatten, waren nur noch vereinzelt zu hören. Miriam bog um die Ecke auf den Rathausplatz ein und bremste scharf.

Jennifer konnte sich zwar gerade noch an einer Stange festhalten, fiel aber dennoch zu Boden.

»Mensch!«, fluchte sie. »Pass doch auf!«

Doch dann erkannte sie, weshalb Miriam so abrupt gebremst hatte. Keinen halben Meter vor ihnen lag ein riesiger Haufen Pflastersteine mitten auf der Straße. Hätte Miriam nicht so geistesgegenwärtig reagiert, wäre sie direkt in den Steinhaufen hineingefahren.

»Wer baut denn Steinhaufen auf die Straße?«, fragte sich Jennifer.

Die Antwort gab ein Blick aus dem Fenster. So wie noch vor wenigen Stunden Massen von Kindern auf diesem Platz einem kindlichen König zugejubelt hatten, so waren nun Hunderte damit beschäftigt, Steine gegen das Rathaus zu schleudern, mit Pistolen und Gewehren in die Luft zu ballern und auf diese Weise eine Polizeikette zu durchbrechen, die das Rathaus schützte.

Mit großen Augen bestaunten die Mädchen die Schlacht zwischen den Angreifern und den Polizisten.

»Wir sind noch nicht einmal einen Tag in dieser ›Stadt der Kinder‹!«, seufzte Miriam. »Aber was heute schon alles passiert ist, reicht für Wochen!«

Jennifer spürte immer mehr, wie sehr sie Teil eines Computerspiels geworden war. Obwohl alle Häuser und Menschen um sie herum real zu existieren schienen, wirkte doch alles, was um sie herum geschah, vollkommen irreal. Das Wasser war zu schnell gestiegen und wieder abgelaufen, Massen von Kindern formierten sich zu rasant, um den einen zu bejubeln oder den anderen zu bekämpfen, Kindern wuchsen viel zu hastig in Funktionen, die sie eigentlich gar nicht ausüben konnten, Freunde wechselten ihre Rollen von einer Sekunde auf die nächste. Und jetzt stand sie mitten in einer Straßenschlacht, von der vielleicht niemand wusste, weshalb sie überhaupt stattfand.

Jennifer kletterte aufs Dach des Busses, um nach Ben Ausschau zu halten. Der würde sich doch hoffentlich nicht an dieser wilden Schlacht beteiligen. Die Kinderpolizei fuhr nun mit Wasserwerfern vor. Doch die Angreifer, viele von ihnen wieder auf seltsame Weise vermummt, zerschossen die Reifen.

Die Polizisten antworteten mit Tränengas.

»Sag mal, die haben sie doch nicht alle!«, rief Jennifer zu Miriam hinunter. »Die ballern aufeinander, als ob sie ein Computerspiel spielen würden!«

»Das tun sie ja!«, antwortete Miriam.

»Ja!«, räumte Jennifer ein. »Aber mit richtigen Kindern. Echte Menschen! Das müssen die doch merken!«

Wieder wurde eine Salve Schüsse abgefeuert. Jennifer warf sich bäuchlings aufs Dach und hielt die Hände über den Kopf.

»Siehst du was von Ben?«, fragte Miriam.

»Nein!«, gab Jennifer zurück.

»Ruf ihn an!«, schlug Miriam vor.

Jennifer wagte es, den Kopf wieder leicht anzuheben, wartete ein wenig, erhob sich in eine Hockstellung, bereit, jederzeit vom Bus zu springen und sich in Sicherheit zu bringen. Sie tastete nach ihrem Handy in ihrer Hosentasche, als sie eine Stimme hörte, die sie kannte.

»Krass, mit dem Bus hierherzukommen. Lasst uns bloß weg hier von den Irren, ey!«

»Achmed! Wo kommst du denn her?« Jennifer warf sich wieder auf den Bauch und schielte seitlich am Bus hinunter zu Achmed. »Wo sind die anderen?«

»Dort oben!«

Jennifers Blick folgte der Richtung, die Achmed anzeigte, bis sie oben auf dem Parkdeck eines Bürohauses Ben und Frank entdeckte.

Sie steckte zwei Finger in den Mund und pfiff, so laut sie konnte.

Ben und Frank hörten nicht.

»Wieso gucken die nicht?«, fragte Jennifer.

»Sie gucken ja, aber dorthin!«, antwortete Achmed.

Jennifer hielt es für einen von Achmeds dummen Sprüchen, wollte ihn gerade zurechtweisen, doch dann sah sie, was Achmed meinte.

Auf dem Dach des Rathauses erschien ein Junge mit einer Fahne.

Jennifer zog die Augen zu Schlitzen zusammen, glaubte, so besser erkennen zu können, wer das war und was er dort tat.

»Das ist Kolja!«, erklärte Achmed.

Kolja entrollte eine schwarze Fahne und hisste sie auf dem Rathausdach.

Unter wildem Geheul und Salutschüssen begrüßten seine Anhänger unten auf dem Platz diese Aktion.

Die Fahne flatterte im Wind und zeigte einen weißen Totenkopf auf schwarzem Grund.

»Eine Piratenfahne!«, erkannte Jennifer. »Kolja hat eine Piratenfahne auf dem Rathausdach gehisst! Hat der sonst nichts zu tun?«

»Doch!«, korrigierte Achmed. »Der Spinner hat soeben das Rathaus erobert, ey!«

Widerstand!

Unübersehbar hatte Kolja im und um das Rathaus die Macht übernommen. Wo eben noch Polizeiketten versuchten, die Eindringlinge abzuwehren, waren Koljas Truppen jetzt eifrig dabei, die Polizisten reihenweise festzunehmen und abzuführen.

Ungläubig standen Jennifer, Miriam und Achmed am Rand des Platzes und schauten zu, wie ein Trupp Polizisten nach dem anderen in kleine Gruppen aufgeteilt, von Vermummten eingekreist und schließlich in Lastwagen und Bussen abtransportiert wurde, die nach und nach auf dem Rathausplatz vorfuhren.

»Das Ganze ist generalstabsmäßig organisiert!«, erkannte Jennifer. Sie schaute noch einmal hinauf zum Parkdeck, doch Ben und Frank waren dort nicht mehr zu sehen.

Auf dem Platz hatten die Polizisten den Widerstand aufgegeben und ließen sich bereitwillig abführen.

Wieder so unwirklich, dachte Jennifer. Viel zu schnell hatten die Polizeikinder sich ergeben.

»Das war Teil des Planes!«, rief plötzlich Bens Stimme.

Ebenso geisterhaft wie zuvor Achmed waren nun Ben und Frank am Bus erschienen.

»Sie haben erst vom Wasserwerk aus die Stadt unter

Wasser gesetzt, damit alle Kräfte der Königstreuen gebunden, und dann die Schwäche blitzartig ausgenutzt, um die Macht zu übernehmen!« So sah Ben Koljas Plan, den er vor ihren Augen in die Tat umgesetzt hatte.

Die Frage allerdings, wann Kolja das alles geplant und vorbereitet haben sollte, konnte auch Ben nicht beantworten. Doch auch hier hatte er eine Vermutung: »Das war gar nicht Koljas Plan. Es muss von jemandem eingefädelt worden sein, der das Spiel spielt, in dem wir uns befinden. Kolja ist nur die ausführende Figur!«

»Figur?«, rief Miriam dazwischen. »Dann können wir ihn ja zurückrufen. Das hat doch bei mir auch funktioniert!«

»Vielleicht!«, räumte Ben ein. »Dazu müsste man allerdings erst einmal an Kolja heran-, sprich: ins Rathaus hineinkommen!«

Er zeigte auf die bewaffneten Vermummten, die das Rathaus rundherum abriegelten. Kolja stand noch immer oben auf dem Dach, hatte die Hände in die Hüften gestützt und fühlte sich als neuer König der Stadt.

»Meinst du, er hat den König gestürzt?«, fragte Frank.

Ben zuckte mit den Schultern.

Jennifer hingegen verneinte Franks Frage: »Nie und nimmer hat der König im Rathaus residiert! Das ist kein Ort für Könige. Kolja hat das bloß nicht gewusst!«

»Dann hat das auch der Spieler nicht gewusst, der

Kolja zu seiner Figur gemacht hat«, warf Ben ein, was Jennifer nicht von ihrer Theorie abbrachte.

»Kein Wunder!«, sagte sie nur. »Wer bei der Organisation der Stadt die Bibliotheken und Museen vergisst, der weiß auch so etwas nicht!«

Ein plausibles Argument.

»Achtung!«, schrie Frank plötzlich, warf sich auf Jennifer und riss sie zu Boden.

Schüsse knallten wieder über den Platz. Zwei Scheiben im Bus zersplitterten. Die Schüsse verhallten und der Bus wies neben zwei eingeschossenen Scheiben zahlreiche Löcher in der Seitenwand auf.

»Die ballern auf uns!«, rief Miriam entsetzt. »Los, weg hier!«

Sie sprangen in den Bus. Miriam startete und gab Vollgas. Mit quietschenden Reifen setzte der Bus sich in Bewegung.

»Halt!«, rief Frank.

»Bist du blöd? Ich denke nicht daran!« Miriam schaltete einen Gang höher.

»Thomas fehlt!« Frank lief zum Ausgang, hielt sich am Rahmen fest und ließ sich halb aus der Tür heraushängen, um besser nach Thomas Ausschau halten zu können.

»Komm rein!«, rief Jennifer ihm zu.

Schüsse peitschten hinter ihnen her.

Miriam fuhr zickzack.

Frank konnte sich kaum noch festhalten, zog sich

schwungvoll an der Haltestange hoch und hechtete zurück in den Bus. Der Bus wankte, Frank schwankte. Miriam trat auf die Bremse. Nun verlor Frank endgültig das Gleichgewicht und schlitterte den Gang entlang fast bis nach vorn zu Miriam. »Was machst du denn da?«, schrie er.

»Frag lieber den da!«, erwiderte Miriam. Wie aus dem Nichts war vor dem Bus Thomas aufgetaucht. Auf allen vieren kroch er über die Straße.

»Thomas!«, rief Ben.

Thomas reagierte nicht.

»Voll irre, der Typ, ey!«, kommentierte Achmed, sprang aus der vorderen Tür hinaus auf Thomas zu und packte ihn am Kragen. »Was tust du hier, du Irrer?«

Thomas erschrak kurz, fasste sich aber gleich wieder, als er Achmed erkannte, nahm sogleich seine alte Stellung auf allen vieren ein und murmelte: »Er hat es hier verloren. Ich hab's doch gesehen!«

»Ey, du Irrer!« Achmed verpasste Thomas einen leichten Tritt in den Hintern. »Merkst du was, ey? Die schießen auf uns, wir wollen abhauen und du kriechst hier schon wieder auf dem Boden herum wie ein Trüffelschwein. Mann, ey!«

Erneut zersplitterte eine Scheibe des Busses.

»THOMAS!«, kreischte Jennifer, fast schon hysterisch.

Achmed warf sich zu Boden und robbte zum Bus zurück.

Thomas erhob sich, als ob nichts geschehen wäre. »Ich wusste es doch!« Stolz hielt er einen Geldschein in die Höhe, lachte und rief: »Ich hab ihn!«

Frank sprang aus dem Bus, packte Thomas am Shirt, zog ihn mit sich, warf ihn in den Bus, hechtete hinterher und rief: »Los jetzt!«

Miriam startete durch.

Achmed ging sofort auf Thomas los. »Irgendwann poliere ich dir so richtig die Fr. . . !«

Jennifer stellte sich schützend vor Thomas, schubste Achmed zurück. »Du hast uns wirklich in Gefahr gebracht«, redete sie ruhig auf Thomas ein. »Nur wegen eines Geldscheins!«

Thomas hielt den Schein hoch. »Schaut ihn euch an!«

»Jetzt fängt er schon wieder an, ey!« Achmed war kurz davor, auszurasten.

»Schaut mal!«, sagte jetzt auch Jennifer.

Achmed schlug sich genervt vor die Stirn. »Was soll damit sein, ey? Das ist ein Zwanzig-Euro-Schein. Steht doch drauf, ey!«

»Was für ein Bild ist auf einem Zwanzig-Euro-Schein, Superhirn?«, fragte Thomas.

Achmed sah sich den Schein noch mal an und antworte: »Eine Burg. Sieht doch jedes Kind, ey!«

Thomas schüttelte fassungslos den Kopf. »Den kannst du übers Ohr hauen, während er dabeisteht.«

Bevor der Streit zwischen Thomas und Achmed eskalierte, erklärte Jennifer Achmed und den anderen schnell, dass auf einem echten Zwanzig-Euro-Schein auf der Rückseite eine Brücke und auf der Vorderseite zwei Tore zu sehen waren. Der Schein war blau und die Gestaltung nannte sich *Epoche Gotik*.

»Klassik, Romantik, Gotik, Renaissance, Barock und Rokoko, Eisen- und Glasarchitektur sowie die moderne Architektur des 20. Jahrhunderts – das sind die Baustile aus sieben Epochen, die auf den neuen Euro-Banknoten dargestellt werden«, dozierte Jennifer. »Die Motive Fenster, Tore und Brücken, die auf der Vorderseite aller Banknoten abgebildet sind, sollen den Geist der Offenheit und die Zusammenarbeit der in der Europäischen Union vereinigten Staaten symbolisieren. Auf der Rückseite der Banknoten sind Brücken abgebildet. Diese Brücken sollen die Verständigung zwischen Völkern versinnbildlichen. Die Motive sind aber ausgedacht und haben keinen Bezug zu bestimmten Denkmälern.«

Achmed stand der Mund offen.

Jennifer lächelte ihn an. »Ich musste darüber mal ein Referat halten!«

»Eben!«, sagte Thomas.

»Ach, und du hast das gewusst, oder was, ey, du Wurzelsepp?«, meckerte Achmed.

Thomas schüttelte den Kopf. Solche Dinge wusste niemand außer Jennifer, war er sich sicher. Aber er konnte immerhin einen echten Geldschein von einem falschen unterscheiden. Und dieser hier war falsch. Das Bild zeigte auch keine Burg, wie Achmed gemeint hatte, sondern ein Schloss.

»Und wenn ihr mich fragt«, beendete Thomas triumphierend seine Überlegungen, »dann ist es ein Geldschein aus diesem Computerspiel, in dem wir uns befinden. Und das Schloss ist der Sitz des Königs. Und wenn das Schloss auf dem Geldschein abgebildet ist, dann existiert es auch in diesem Spiel. Und das bedeutet: Kolja wird in dem Rathaus den König nicht finden. Er hat das falsche Haus besetzt!«

Peng! Das hatte gesessen!

Miriam war so erstaunt, dass sie den Bus anhielt, aufstand und Thomas anschaute wie einen Heiligen.

Auch die anderen benötigten einen Moment, um die ganze Tragweite von Thomas' Entdeckung zu begreifen.

»Echt manchmal ein Schlaukopf, unser Irrer, ey!«, sagte Achmed anerkennend.

Wenn Thomas' Überlegung stimmte – und niemand zweifelte daran –, ergab sich daraus die Frage »Wo befand sich das unbekannte Schloss?«. Ein Königsschloss innerhalb der Stadt, das konnte man doch nicht so ohne Weiteres übersehen!

Überhaupt stellte sich für die Kinder die Frage, wie es jetzt weitergehen sollte. Ben war überzeugt, um den Ausgang aus diesem Spiel zu finden, mussten sie ins Rathaus. Denn laut Ben stand der entscheidende Spielcomputer wie beim ersten Mal im Büro des Bürgermeisters. Das Rathaus aber war von Kolja besetzt, der den König stürzen wollte, um die Macht über die Stadt zu erlangen. Er und seine Vermummten waren bereit, hierfür auch gefährliche und verantwortungslose Methoden einzusetzen, wie zum Beispiel die gesamte Stadt zu überschwemmen.

Doch Jennifer zweifelte Bens Theorie an.

»Wenn es in dem Spiel bisher kein Schloss und keinen König gegeben hat, dann spielt es jetzt, da es beides gibt, sicher eine wichtige Rolle. Wer sagt dir, dass sich der Spielcomputer nicht in dem Schloss befindet?«

Der Einwand war berechtigt, musste Ben zugeben.

Er klang sogar erheblich logischer als Bens Theorie, warf Miriam ein.

Überflüssigerweise, wie Ben fand.

»Dann müssen wir den Palast stürmen, ey!« Für Achmed gab es gar keine andere Möglichkeit. »Ist doch logo, ey!«, verteidigte er seinen Vorschlag, weil er schon die kritischen Blicke seiner Freunde bemerkte. »Ich weiß, wo hier in der Stadt die Waffengeschäfte sind. Die räumen wir leer, nehmen uns die Uzis . . .«

»Wen?«, fragte Jennifer dazwischen.

»Das ist eine Maschinenpistole!«, erklärte Frank.

Achmed nickte. Was sollte es denn sonst sein? »Mit Dart-Pfeilen kann man keinen Palast stürmen, ey!«

Er wollte soeben ansetzen, seinen Plan weiterzuentwickeln, als Miriam auf ihn zusprang.

»Sag mal, haben sie dir ins Gehirn gepullert, du Kleingeist? Meinst du, wir entfachen hier jetzt einen

Krieg? Es ist doch wohl schon schlimm genug, dass Kolja durch die Gegend ballert!«

Genau das war der Grund, weshalb Achmed sich bewaffnen wollte. Wenn Kolja eine Armee hatte, dann brauchten sie ebenfalls eine. Das war doch klar. Gleichgewicht des Schreckens nannte man so etwas, Verteidigungsfähigkeit, Wehrbereitschaft ...

»So etwas nennt man Idiotie, du Knalltüte!«, fuhr ihm Jennifer über den Mund. »Immer sind es Gestörte wie du und Kolja, die Kriege anzetteln. Aber hier in der Stadt der Kinder werden wir das jetzt mal anders regeln!«

»Ach!«, raunzte Achmed zurück. »Und wie, ey? Durch Gebete?«

»Wäre immer noch besser als deine Uzis!«, gab Jennifer zurück.

»Ihr seid ja immer sooo schlau!«, meckerte Achmed. »Mal ernst, ey: Was schlagt *ihr* denn vor?«

Jennifer und Miriam wussten nur, mit Waffengewalt würden sie keines ihrer Probleme lösen. Weder würden sie dadurch den Spielcomputer finden noch Kolja beruhigen oder gar herausbekommen, was der König mit der Stadt vorhatte. Sie brauchten eine Idee. Und die ließ sich sicherlich gemeinsam am besten entwickeln. Deshalb beschlossen sie, nun endlich zurück zum Museum zu fahren, um dort in Ruhe zu beraten. Außerdem neigte sich der Tag dem Ende zu. Da wurde es Zeit, sich für die Nacht einzurichten, Kräfte zu sammeln und am nächsten Tag mit hoffentlich frischen Ideen ans Werk zu gehen.

Selbst Achmed war mit dem Vorschlag einverstanden. Er hatte Hunger. Das war auch kein Wunder. Ihm fiel ein, dass er den ganzen Tag noch nichts gegessen hatte.

Das war das Stichwort, zu dem auch Frank sich wieder in das Gespräch einschaltete. Er hatte das Gefühl, sein Magen knurrte und brummte, als hätte er seit Wochen keine Nahrung mehr zu sich genommen.

»Hast du im Museum alles vorbereitet, Thomas?«, fragte Frank.

»Wie denn?«, fragte Thomas zurück. »Dafür hatte ich überhaupt keine Zeit, weil ich dich gerettet habe!«

Der Bus hielt vor dem Museum. Auf den ersten Blick war zu erkennen, welches Chaos sie erwartete. Die hundert Kinder, die Jennifer und Miriam vorausgeschickt hatten, hatten das Museum in Beschlag genommen.

»O nein! O nein!« Jennifer hatte kaum einen Schritt durch die zerschlagene Scheibe der Eingangstür getan, als sie schon sah, was die Kinder der Stadt in dem Museum anrichteten. Zwei Kinder hielten am Eingang Wache. Sie trugen antike Masken und Schwerter. Über die Treppe huschten einige Kinder in Ritterrüstungen und Musketier-Verkleidung. Jennifer glaubte sogar, jemanden im Raumanzug vorbeiflitzen gesehen zu haben. Vielleicht war es aber auch nur eine Sinnestäuschung.

Eine Gruppe kleinerer Kinder hatte die größeren offenbar gestört und war mit Malfarben ruhig gestellt worden. Leider hatten sie sich ausgerechnet die Originale aus der Gemäldegalerie ausgesucht, um ihre Malkünste auszuprobieren.

»Seid ihr wahnsinnig?«, schrie Jennifer.

Die Kinder verteidigten sich. »Das Bild hier war noch gar nicht fertig! Das ganze Gesicht war gar nicht richtig ausgemalt!«, meinte eine kleine Künstlerin.

»Aber jetzt!«, ergänzte ein anderer Zwerg. »Jetzt ist es schön rot!«

»Schön rot!«, wiederholte Jennifer entsetzt. »Das ist ein Bild von Paul Klee. Das gehörte so!«*

* Paul Klee, »Gelehrter«, 1933

Die kleinen weißen Kugeln, die ihr über die Treppe entgegenkullerten, verhießen nichts Gutes. Den Kügelchen folgten zwei aufgeregt miteinander streitende Kinder.

Jennifer filterte aus dem Gebrüll Worte heraus wie »Perlenkette« und »Vitrine«. Da eines der beiden Kinder eine juwelenbesetzte Goldkrone trug, fragte sie lieber nicht nach, woher die Perlen stammten, die gerade die Treppe hinunterkullerten. Es war höchste Zeit, das Chaos zu beenden und das Museum zu einem Quartier umzufunktionieren.

Thomas erzählte von der Küche im Museums-Café und von dem alten Herd, durch den ein Weg in den Geheimgang führte. »Lassen wir den Geheimgang geheim sein«, flüsterte Jennifer Thomas zu, »und lieber die Küche des Cafés nutzen! Außerdem haben wir immer noch keine Lebensmittel!«

»Ich könnte welche besorgen!«, bot Miriam sich an. Aber sie besaßen kein Geld, erstens ohnehin nicht genug für so viele Kinder und zweitens überhaupt keines in der richtigen Währung: Computerspielgeld mit der Abbildung des Königsschlosses.

»Wo sollen wir schlafen?«, fragte Frank.

So weit war Thomas immerhin noch gekommen, bevor er Frank durch den Herd entdeckt hatte. »Es gibt zwei alte Schlafzimmer in der Ausstellung«, berichtete er. »Ein einfaches, gleich neben der Küche mit dem Herd, und ein herrschaftliches zwei Räume weiter!«

»*Zwei* Schlafzimmer?«, wiederholte Frank. »Willst du mich verjuxen? Hier sind bestimmt mehr als einhundert Kinder und du kommst mit *zwei* Schlafzimmern!«

»Langt doch!«, mischte Miriam sich lachend ein. »Eines für Jennifer und Ben und eines für dich und mich!«

Frank zuckte zusammen, trat schnell einen Schritt beiseite. »Wieso denn für uns beide?«

Miriam grinste ihn nur an. »Schon vergessen, Süßer?«

Franks Gesicht rötete sich. Zugegeben, seine ersten Kussversuche hatte er mit Miriam gemacht. Peinlicherweise war dies bei seinem letzten Abenteuer auch noch herausgekommen. Aber das bedeutete doch noch lange nichts!

Jennifer erlöste Frank aus der peinlichen Lage. »Schluss mit dem Quatsch. Zwei Schlafzimmer nützen uns natürlich überhaupt nichts. Ein Museum ist für so etwas nicht eingerichtet. Wir müssen Matratzen und Decken besorgen!«

»Hundert Stück?« Ben konnte sich nicht vorstellen, wo man so viele Matratzen finden sollte.

»VORSICHT!«

Ben zog den Kopf ein. Aber die Warnung galt keiner fliegenden Gefahr, sondern einer rollenden.

Eine Gruppe Kinder zog einen gewaltigen Leiterwagen ins Foyer.

»Was transportieren die da, ey?«, fragte sich Achmed.

Jennifer schmunzelte ihn an. »Das, wofür der Wagen gebaut wurde: Heu!«

»Heu?« Achmed konnte sich nicht vorstellen, wozu Norbert und die Kinder Heu in die Museumshalle rollten. Heu, das war für ihn etwas, was Pferde fraßen. Was sollten sie hier im Museum mit Tierfutter?

Jennifer lachte, klopfte Achmed zärtlich auf den Hinterkopf. »Du bist so ein richtiges Großstadt-Ghetto-Kind, Achmed!«

»Wieso Ghetto, ey?«, wehrte sich Achmed.

Jennifer zeigte auf den Heuwagen, dem ein zweiter folgte. »Das sind unsere Schlafstätten!«

»Was, ey?«

Jennifer hielt der Gruppe lachend den gestreckten Daumen entgegen. »Super! Wie seid ihr nur auf diese Idee gekommen?«

»Das möchte ich auch mal wissen, ey!«, brüllte Achmed. Er fand die Idee alles andere als genial. Auf Heu zu schlafen, das machten vielleicht Hasen, aber doch keine Menschen!

»Als ich die Wagen gesehen habe, war mir klar, dass es leichter sein würde, Heu für hundert Kinder zu besorgen als hundert Matratzen. Wir haben früher bei Ausfahrten der Jugendfeuerwehr auch schon mal in Scheunen geschlafen. Das macht richtig Spaß!«, erklärte Norbert.

Jennifer nickte ihm zu. Sie konnte sich gut vorstellen, wie gemütlich man es sich im Heu machen konnte.

Achmed hingegen fehlte dazu jegliches Vorstellungsvermögen. »Woher hast du das Heu?«, wollte er wissen.

»Von der Pferderennbahn!«

»Nein!«, schrie Achmed entsetzt auf. »Nie und nimmer! Ich penne nicht auf Heu, in das gestern noch Rennpferde gepisst haben!«

Norbert überhörte diesen Einwand einfach. »Wohin sollen wir das Heu legen?«, fragte er.

Achmed war's egal, er würde sowieso nicht auf dem Heu schlafen. Frank und Ben kannten sich in dem Museum nicht aus. Jennifer überlegte, wo man es sich am gemütlichsten machen konnte.

»Unten im Keller bei den Pharaonen!«, entschied sie.

Die Kinder waren begeistert, auch wenn es einige Mühe machen würde, das ganze Heu hinunter in den Keller zu tragen. Mit den Wagen würden sie nicht hinunterkommen.

»Das wird gemütlich bei Kerzenlicht!«, glaubte Miriam, erntete allerdings sofort Widerspruch von Norbert, dem Jugendfeuerwehrmann. »Brennende Kerzen auf Heu kommen nicht infrage!«, bestimmte er.

Der Grundstock für ein anständiges Nachtlager war gelegt. Allerdings fehlten noch Schlafsäcke, Lebensmittel, Taschenlampen und Waschgelegenheiten.

»Waschen ist nicht so wichtig«, fand Ben.

Jennifer war da allerdings völlig anderer Meinung.

Und auch Miriam duldete darüber keine Debatte: »Wenn ich hier schlafe, dann will ich mich auch waschen können. Wenigstens Zähne putzen!«

Zumindest besaß das Museum einige Damen- und Herrentoiletten, die natürlich mit Waschbecken ausgestattet waren. Jennifer vermutete, dass das Museum auch eine Werkstatt hatte, in der sie mit etwas Glück Duschen finden würden.

Da durch das Chaos in der Stadt viele Läden nicht besetzt waren, schlug Ben vor, keine Zeit zu verlieren und sofort einen Trupp loszuschicken, der aus diesen Geschäften Lebensmittel holen sollte.

Norbert erklärte sich bereit, mit dem Bus und einer Handvoll Helfern diese Aufgabe zu übernehmen.

Auf dem Weg konnte er ja vielleicht auch Zahnbürsten, Zahnpasta und Handtücher mitbringen. Es fehlten noch Decken, Schlafsäcke und Taschenlampen. Natürlich hätten die Kinder all diese Dinge von zu Hause holen können, doch Ben hielt das für zu gefährlich.

»Solange wir nicht genau wissen, wie jemand als Figur ins Spiel gezogen wird, sollten wir hierbleiben, wenn es irgend geht«, meinte er.

Miriam schaute auf ihre Uhr. Mittlerweile war es neun Uhr abends und sie hatten lange nichts von Max und Kathrin gehört. Bei den vielen turbulenten Ereignissen dieses einen Tages hatten sie Max und den Zoo völlig vergessen. Sie wies die anderen darauf hin.

Ben biss sich auf die Lippe. »Mist! Das haben wir

wirklich vergessen!«, ärgerte er sich. »Können die nicht hierherkommen?«

»Der kleine Max?«, entrüstete sich Jennifer. »Vom Zoo allein hierher? Unter normalen Bedingungen vielleicht, aber du weißt doch nie, welchen Irren er unterwegs begegnet, die gerade wer weiß was für eine Funktion im Spiel ausüben!«

Ben sah es ein. Man durfte Max nicht sich selbst überlassen. Viel zu lange hatten sie ihn schon im Stich gelassen. Er fragte sich sogar, weshalb Max sich im Laufe des Tages nicht viel öfter gemeldet und nachgefragt hatte, wo sie blieben. Mit einem Mal überkam ihn ein sehr flaues Gefühl. Hatte Max nicht berichtet, Kathrin wäre durchgeknallt und hätte die Tiere jeweils in falsche Käfige gelockt? Hatte sie vielleicht sogar Tiere freigelassen? Und waren gefährliche Tiere darunter?

Ben wollte seine düsteren Gedanken für sich behalten, aber Jennifer sah ihm sofort an, woran er dachte. Ihr Gesichtausdruck wurde ernst.

Ben griff zu seinem Handy – aber er hatte Max' Nummer nicht.

Er hatte doch angerufen! Seine Nummer aber war nicht übermittelt worden.

»Verflucht!«, ärgerte sich Ben.

Es stellte sich heraus: Niemand besaß Max' Telefonnummer.

»Es hilft nichts, wir müssen zu ihm!«, sagte Jennifer.

So, wie sie es sagte, war klar: Das war kein Vorschlag, das war ein Befehl!

Nur Miriam, Jennifer, Frank und Ben sollten fahren, Thomas und Achmed im Museum die Stellung halten. Miriam verschwand, um ein Auto zu besorgen, und fuhr keine fünf Minuten später mit einem silberfarbenem Kombi vor. Ben und Frank stiegen hinten ein, Jennifer setzte sich auf den Beifahrerplatz.

Ohne weitere Verabschiedung gab Miriam Gas.

»Hoffentlich geht das gut, ey!«, betete Achmed.

»Wird schon!«, machte Thomas ihnen Mut.

»Was soll schon groß passieren?«, fragte sich Norbert.

Aber Achmed ließ sich nicht beruhigen. »Solange Kolja in der Stadt ist und nicht zu uns gehört, solange lauert Gefahr, ey!«, unkte er. Und damit sollte er recht behalten.

Miriam fuhr vorsichtig. Hinter jeder Ecke befürchtete sie eine Gefahr oder eine unangenehme Überraschung. Die Stadt war dunkel. Gespenstisch dunkel. Die Straßenbeleuchtung war ausgeschaltet, die Geschäfte waren ohne Beleuchtung, auch aus den meisten anderen Häusern drang kein Licht. Viele schliefen sicherlich, weshalb in den Wohnungen kein Licht mehr brannte. Aber weshalb waren auch Straßenbeleuchtung und Schaufenster dunkel?

»Das passt zu Kolja!«, fand Frank.

Das Stichwort fuhr Jennifer durch die Glieder wie ein Stromschlag.

»Kolja?«, fragte sie. Sollte Kolja in der kurzen Zeit so viel Macht in der Stadt erlangt haben, dass er auf Befehl eine ganze Stadt verdunkeln konnte?

Der Gedanke daran machte die Fahrt noch unheimlicher. Sie wussten, Kolja agierte im Moment als Spielfigur, unberechenbar und gefährlich. Sie kamen nicht an ihn heran, sie kannten seine Pläne nicht, aber allen war bewusst: Mit Kolja als Gegner war nicht zu spaßen.

»Pass auf!«, schrie Ben plötzlich.

Miriam bremste scharf.

Der Wagen schlingerte.

Jennifer und Miriam wurden hart von den Sicherheitsgurten zurückgehalten. Zum Glück hatten sich auch die Jungs auf den hinteren Sitzen angeschnallt.

»Was denn?«, fragte Miriam. Sie hatte keine Gefahr entdecken können, nur gebremst, weil Ben geschrien hatte.

Ben entschuldigte sich. Er hatte sich getäuscht. Es war ein Indiz dafür, wie angespannt und nervös sie waren.

»Schalte das Licht aus!«, schlug Ben vor.

Miriam widersprach heftig. Die Stadt war stockfinster. Wie sollte sie da ohne Licht fahren?

»Genau deshalb!«, erklärte Ben. »Wir fallen zu sehr auf!«

Das sah Miriam ein. Sie schaltete das Licht aus, reduzierte die Geschwindigkeit noch mehr. Es gab keinen Gegenverkehr. Es fuhr überhaupt kein anderer Wagen auf der Straße, aber sie musste höllisch aufpassen, nicht gegen ein Hindernis zu stoßen. Die Stadt war längst nicht aufgeräumt. Überall lagen Gegenstände herum, die die Flut mitgerissen hatte. Im Schritttempo fuhr Miriam den Wagen zum Zoo.

Es war weit nach Mitternacht, als sie beim Zoo ankamen.

Im Haupteingang des Zoos stand eine Giraffe mit gespreizten Beinen, den langen Hals tief abgesenkt, damit die Schnute an das Grasbüschel heranreichte, das ein kleines Kind dem Tier mit ausgestrecktem Arm und auf Zehenspitzen reichte.

Obwohl nur das Mondlicht die Straße beleuchtete, erkannte Miriam auf Anhieb, wer dort mitten in der Nacht eine Giraffe fütterte: Es war der kleine Max.

Max trug etwas auf dem Kopf, das Miriam zunächst für eine Mütze gehalten hatte. Doch die Mütze bewegte sich und entpuppte sich als kleines Äffchen. Artig hockte es auf Max' Kopf und half ihm, die Giraffe zu füttern, indem es ebenfalls ein kleines Büschel Gras in seinen Pfötchen hielt und es mit freudigem Gekreische der Giraffe reichte.

Im Hintergrund watschelte ein Seehund vorbei. Er balancierte einen Wasserball auf der Schnauze und spielte ihn zu einem Mädchen, das Miriam nicht kannte.

Das Mädchen fing den Ball auf und warf ihn einem Gnu zu. Das Gnu allerdings zeigte wenig Interesse am Ballspiel, drehte sich um und wollte über die Straße laufen. Ein Junge stürzte hinterher, hielt das Gnu am Kopf und redete auf das Tier ein. Der Junge war nicht allein. Auf seiner Schulter hockte ein Chamäleon.

Miriam hielt den Wagen an.

»Was ist denn hier los?«, fragte Jennifer, nachdem sie ausgestiegen war.

Der kleine Max hatte seine Freunde gar nicht kommen sehen. Als er sie wahrnahm, begrüßte er sie ungewohnt schnippisch: »Na toll, dass ihr auch endlich mal kommt!«

Jennifer entschuldigte sich bei ihm und deutete nur

an, was an diesem Tag alles in der Stadt passiert war.

»Ach!«, raunzte der kleine Max. »Meint ihr, wir haben hier Ferien gemacht?«

»Schnell, schnell!«, rief plötzlich ein Junge dazwischen. »Sie hat ihn gleich. Wir brauchen jetzt Hilfe!«

»Wir können hier nicht fort!«, entgegnete Max. »Sonst laufen die Giraffe und das Gnu weg!«

»Max, was ist hier los?«, fragte Miriam.

»Das habe ich doch am Telefon gesagt!«, antwortete der kleine Max. »Kathrin hat alle Tiere freigelassen oder sie in falsche Käfige gesteckt. Dann haben wir mit Kathrin geschimpft. Aber es hat nichts genützt. Ich habe euch angerufen, aber ihr seid nicht gekommen!«

Miriam nickte. Das wusste sie ja alles bereits.

»Was geschah danach?«, wollte sie wissen.

»Plötzlich war Kathrin wieder ganz anders. Wie früher. Richtig vernünftig!«, erzählte Max.

Miriam verstand. Wie sie vermutet hatten, war Kathrin zu einer Figur des Spieles geworden, offenbar hatte der Spieler nicht alle Tassen im Schrank, Kathrin anzuweisen, solche blödsinnigen Dinge zu tun. Und irgendwie war sie dann erwacht. Vielleicht hatte jemand in ihrer Gegenwart von »Level 4.2« gesprochen. Kathrin war wieder zu sich selbst geworden. Und nun versuchten alle gemeinsam bereits seit Stunden, die Tiere wieder in ihre Gehege zu bringen.

»Das ist auch so weit gut gelungen!«, sagte der

Junge, der so aufgeregt angelaufen gekommen war. »Bis auf diese hier.« Er zeigte auf die Giraffe, das Äffchen, das Gnu und den Seehund. »Und eben den Löwen!«

»Den was?«, quiekte Jennifer auf.

»Hier läuft ein Löwe frei herum?«, fragte Ben.

Der Junge nickte. »Kathrin hat ihn jetzt endlich gestellt. Er hockt dort hinten in einem Busch!«

»Ihr wollt nicht wirklich einen wilden Löwen einfangen, oder?«, fragte Jennifer.

»Sondern?«, erwiderte der Junge. »Soll der auch noch in die Stadt laufen wie der Puma?«

»Was?«, schrie Ben. »Es läuft ein Puma durch die Stadt?«

Max und der Junge bestätigten dies.

Für Frank war die Sache jetzt klar. »Also gehen wir den Löwen einfangen!«, sagte er. »Wir können Kathrin damit nicht allein lassen!«

Der Löwe ist los

»Es ist nur eine Katze!«, flüsterte Miriam sich zu.

»Nur eine Katze!«, zischte Ben. »Das heißt: nicht zähmbar, unberechenbar, launisch, geschickt, intelligent und gefährlich!«

Jennifer stieß ihm in die Seite. »Toll, wie du uns Mut machst, Blödmann!«

Kaum fünf Meter von ihnen entfernt hockte der Löwe. Sein Knurren war deutlich zu hören.

»Wann hat der eigentlich das letzte Mal etwas gefressen?«, fragte Ben.

»Keine Ahnung«, sagte Kathrin.

»Dann sollten wir ihn wohl besser erst mal füttern!«

»Keine schlechte Idee. Und womit?«

»Fleisch!«, fiel Frank spontan ein.

Kathrin verzog das Gesicht. »Du bist ja ein ganz Schlauer!«, muffelte sie ihn an. »Das einzige Fleisch, das wir bisher gefunden haben, sind wir selbst!«

Ben stöhnte auf. Wie konnte man so planlos und dumm darangehen, einen Löwen zu fangen! In jedem Zoo gab es Tierfutter in ausreichender Menge. Man musste nur . . .

»Achtung!«, rief Jennifer.

Der Löwe schaute aus dem Busch heraus, riss das Maul auf und brüllte.

Die Kinder erstarrten. Niemand wagte auch nur, mit der Wimper zu zucken. Natürlich hatte Ben ausgerechnet in diesem Augenblick das Gefühl, seine Nase würde jucken. Er hütete sich zu kratzen. Regungslos stand er da und traute sich nicht einmal die Nase zu rümpfen.

Nur Kathrin, die Tiere über alles liebte, begann ruhig und langsam auf den Löwen einzureden. »Ja«, sagte sie. »Du bist ja ein ganz lieber Bursche!« Langsam schob sie einen Fuß vor.

Ben fragte sich, was Kathrin machen würde, wenn sie auf diese Art beim Löwen angekommen war. Ihn an die Pfote nehmen und in seinen Käfig zurückführen?

»Du brauchst keine Angst zu haben!«, redete Kathrin weiter. Noch einen Fuß kam sie voran.

Der braucht wirklich keine Angst zu haben, aber *wir,* dachte Jennifer, hielt aber den Mund.

Kathrin sah dem Löwen streng in die Augen.

Solch einen Blick hätte Jennifer ihr niemals zugetraut. Dompteure machten es so, glaubte Jennifer zu wissen. Ein Blick, der keinen Zweifel aufkommen ließ, wer das Sagen hat. Kathrins Augen zeigten nicht die Spur von Angst. Wie machte sie das?, fragte sich Jennifer. Niemals zuvor hatte Jennifer Kathrin so bewundert wie in diesem Augenblick.

Jetzt war Kathrin ganz nah an dem Löwen dran, streckte langsam ihre Hand aus, legte sie dem Löwen auf den Kopf. Ein einziger Biss, ein kurzes Schnappen, nicht mehr als einmal Luft zu holen würde dem Löwen genügen, um Kathrin die Hand abzureißen. Doch der Löwe tat nichts dergleichen. Er legte den Kopf leicht auf die Seite, schloss die Augen, schnurrte und ließ sich von Kathrin die Mähne streicheln.

»Es ist nur eine Katze!«, flüsterte Miriam sich erneut Mut zu. »Eine große, beeindruckende Katze!«

Die Katze öffnete ein Auge.

Und dann sprang sie auf. Urplötzlich. Hellwach.

Miriam wich einige Schritte zurück. Jennifer versteckte sich hinter ihr. Ben sah sich schon verloren, Frank spähte nach Fluchtmöglichkeiten.

»Was hat er?«, wagte Miriam zu fragen.

»Er hat Witterung aufgenommen!«, erklärte Kathrin.

Der Löwe stand still. Konzentrierte sich. Horchte. Schnupperte. Seine Augen blitzten.

Mein Gott, was für Zähne!, dachte Jennifer.

»Witterung?«, fragte Ben leise. Seine Stimme zitterte. »Wen hat er denn gewittert?«

Jetzt schoss der Löwe los wie ein Athlet aus den Startblöcken.

Ben schrie auf.

Das Raubtier rannte auf ihn zu.

Ben schloss die Augen.

Aus! Vorbei!, dachte er. Niemals hätte er geglaubt, dass sein Leben so enden würde. Von einem Löwen gefressen! Mitten in der Stadt! Welch absurder Tod!

Doch der Löwe sauste an ihm vorbei und verschwand hinter einer Hecke.

»Mist!«, fluchte Kathrin.

Ben zitterte noch immer.

»Dort ist er!«, rief Frank.

Der Löwe tauchte hinter der Hecke wieder auf, lief einen kleinen Hügel hinauf und blieb dort stehen.

»Hinterher!«, rief Kathrin.

»Niemals!«, wehrte Ben sich. Kein zweites Mal würde er sich dem Löwen direkt gegenüberstellen. Um nichts in der Welt!

»Weichei!«, beschimpfte Kathrin ihn und lief dem Löwen hinterher.

»Besser ein Weichei als eine lebensmüde Zicke!«, rief Ben ihr nach.

Frank war Kathrin hinterhergelaufen.

»Kommt mal schnell!«, rief er ihnen jetzt vom Hügel aus zu.

Geheimgang

Der Löwe schlich um einen Busch herum!

»Genauso macht es unsere Katze daheim, wenn sie eine Maus entdeckt hat«, flüsterte Frank Kathrin zu.

»Der ist hinter Menschen her, nicht hinter Mäusen!«, zischte Kathrin zurück.

»Was?« Frank schnappte hörbar nach Luft. Sie konnten doch nicht einen Löwen verfolgen, der gerade auf Menschenjagd war!

»Er hat *einen* Menschen verfolgt«, vermutete Kathrin. »Einen, den er kennt! Das heißt nicht, dass er ihm etwas antun will!«

»Und wer ist das?«, wollte Frank wissen.

Doch Kathrin zuckte mit den Schultern. »Keine Ahnung.«

Sie legte den Finger auf den Mund. »Pst! Gleich habe ich ihn!«

Langsam und ruhig ging sie auf den Löwen zu.

Frank blieb zurück.

Kathrin streichelte den Löwen und zog leicht an seiner Mähne, um ihm die Richtung vorzugeben, in die er gehen sollte.

Staunend beobachtete Frank, wie der Löwe tatsächlich gehorchte und brav wie ein Schoßhündchen bei Fuß folgte.

»Ich bringe ihn zurück in sein Gehege!«, rief Kathrin Frank noch zu, als ob der Löwe seit Jahren ihr Haustier wäre.

Frank war sprachlos. Außerdem ließ ihm keine Ruhe, wen der Löwe verfolgt haben könnte. Einen Augenblick wartete er noch, bis Kathrin und der Löwe weit genug entfernt waren. Dann rief er in den Busch hinein: »Hallo?«

Er schaute sich um, ob ihn niemand sah. Blöd kam er sich vor, wie er hier so stand und mit einem Busch redete. Aber irgendetwas musste der Löwe doch entdeckt haben.

»Hallo?«, wiederholte Frank.

Aus dem Busch kam keine Antwort.

Er bog einige Zweige auseinander, steckte den Kopf in den Busch und entdeckte das Sonderbarste, das wohl je ein Mensch in einem Strauch entdeckt hatte.

»Was tust du da?«

Frank erschrak.

Hinter ihm hatten sich Jennifer, Miriam und Ben aufgestellt, die sich erst jetzt, da der Löwe fort war, hierher getraut hatten. Im fahlen Mondlicht schimmerten ihre Gesichter auf geheimnisvolle Weise. Es dauerte einen Moment, ehe Frank sich von seinem Schreck erholt hatte. Dann zeigte er auf den Strauch.

»Schaut mal dort hinein!«

»Was ist dort?« Jennifers Bedarf an Überraschungen war an diesem Tag mehr als gedeckt.

Ben hatte noch genug von dem Löwen.

So ging Miriam voran.

»Wow!«, rief sie, kam sofort wieder aus dem Busch hervor und erzählte den anderen, was die ohnehin nicht glaubten: »Eine Pyramide!«

Ängste und Bedenken spielten keine Rolle mehr. Jennifer sah Miriam über die Schulter, Ben steckte seinen Kopf in den Busch und sah, was eigentlich unmöglich war: In dem Busch stand eine Pyramide!

Natürlich war sie nicht so groß wie die echten Pyramiden in Ägypten, im Gegenteil; es handelte sich eher um eine Pyramide im Taschenformat, aber dennoch war es eine. Und eine Pyramide gehörte nun einmal nicht in einen Busch. Schon gar nicht in einen Busch des städtischen Zoos. Aber sie waren ja auch nicht in einer normalen Welt, sondern in einer Stadt, die nach den Regeln eines Computerspiels funktionierte. Und in einer solchen konnte es eben Pyramiden in Büschen geben.

»Aber warum? Was hat das zu bedeuten?«, fragte Jennifer.

Ben konnte sich nur eine logische Erklärung vorstellen. »So sehen geheime Eingänge in Computerspielen aus«, erklärte er.

»Und wenn der Löwe eben einen verfolgt hat, dann ist dieser jemand durch diesen geheimen Eingang verschwunden!«, kombinierte Miriam.

Ben nickte ihr zu.

»Wer könnte das gewesen sein?«, fragte sich Frank. Es fiel allen gleichzeitig ein.

Damals in der Stadt der Kinder hatten sie Kolja besiegt, indem sie ihn in ein Labyrinth gelockt hatten. Von dem Moment an war Kolja verschwunden gewesen und war erst wieder aufgetaucht, als sie aus der Stadt der Kinder in ihre normale Welt zurückgekehrt waren. Kolja hatte später mehrmals behauptet, er hätte in dem Labyrinth vor einem Löwen fliehen müssen. Da Ben das Spiel **Die Stadt der Kinder** kannte und wusste, dass darin gar kein Löwe vorkam, hatten alle Kolja für einen Prahlhans gehalten.

»Wenn Kolja damals doch die Wahrheit gesagt hat, dann hat ihn der Löwe jetzt vielleicht wiedererkannt«, vermutete Jennifer. »Wen sonst sollte er wiedererkannt haben?«

Ben nickte ihr zu. »Das ist ja ein Ding. Dann war es Kolja, der hier eben durch die Pyramide verschwunden ist. Und wie ich Kolja kenne, hatte das auch seinen bestimmten Grund!«

»Und welchen?« Frank konnte den Gedankengängen seiner Freunde nicht ganz folgen.

»Das können wir nur herausbekommen, indem wir ihm folgen!«, verkündete Ben.

Er empfing einen kritischen Blick von Jennifer. Warum sollten sie Kolja nachlaufen? Im selben Moment fiel es ihr selbst ein. Kolja war in einer Rolle gefangen, die ihn zum Bösewicht werden ließ. Er hatte Frank verfolgt und führte nun die Bande an, die die Stadt geflutet hatte. Wenn sie Kolja aus seiner miesen Rolle herausreißen wollten, mussten sie an ihn herankommen.

»Also!«, sagte Ben. »Gehen wir?«

Bild der Erkenntnis

Die Pyramide ließ sich leichter öffnen, als Ben befürchtet hatte. Miriam hatte der Pyramide »Sesam öffne dich!« zugerufen. Aber das hatte natürlich nichts bewirkt.

Jennifer hatte die vordere Wand der Pyramide abgetastet, in der Hoffnung, einen verborgenen Griff oder Knopf zu finden.

Frank bevorzugte die direkte Methode, hatte mit dem Fuß einmal kräftig gegen die Wand getreten. Infolgedessen tat ihm jetzt der Knöchel weh.

Und Ben war überzeugt, den Türöffner überhaupt nicht an der Pyramide finden zu können.

»Oft muss man die Computerfigur nur auf den exakt richtigen Platz vor einer Tür stellen, damit die Tür sich öffnet«, wusste er aus zahlreichen Spielen.

Ben behielt recht. Plötzlich schob die Wand sich wie ein Rollladen auf und die Kinder konnten eintreten.

In der Pyramide war es heller als draußen. Eine Treppe führte abwärts.

Miriam ging voran, dann kam Ben, gefolgt von Jennifer. Am Schluss Frank.

Fünfzig Stufen hatte Miriam gezählt, bis sie unten ankamen und sich zwischen zwei Wegen entscheiden konnten.

»Wollen wir uns in zwei Gruppen teilen?«, fragte Ben.

Jennifer hielt das für keine gute Idee und auch Frank fühlte sich sicherer, wenn sie zu viert blieben. Schon einmal war er an diesem Tag allein verfolgt worden. Das reichte.

»Dann rechts!«, schlug Ben vor.

»Warum rechts?«, fragte Miriam.

»Weiß nicht!«, antwortete Ben. »Hätte ich links gesagt, hättest du gefragt: *Warum links?*«

»Klar!«, gab Miriam zu. »Ich hatte gehofft, du wüsstest, was du tust!«

»Pff!«, machte Ben.

»Wohin denn nun?« Frank wurde ungeduldig.

»Nach rechts!«, entschied Jennifer.

»Warum?«, fragte Miriam wieder.

»Hör auf damit!«, forderte Ben.

Doch Jennifer antwortete. »Weil ich glaube, dass Kolja sich für rechts entscheiden würde!«

Miriam war zufrieden. »Das ist doch wenigstens 'ne Antwort!«

Sie folgte Jennifer nach rechts.

Ben und Frank sahen sich an und schüttelten die Köpfe.

Der Weg war dreißig Schritte lang und endete bei zwei Türen.

Miriam drückte die Klinke der linken Tür.

»Offen!«, strahlte sie, stieß die Tür auf, machte den

Schritt über die Schwelle und blieb mit weit aufgerissenen Augen stehen.

»Das gibt es ja nicht!«

Sie schaute in einen dunkelblau beleuchteten Raum, der unendlich zu sein schien. Jedenfalls konnte sie keine Wände erkennen. Der Raum hatte auch keinen Boden. Nur einen Schritt weiter und Miriam wäre in die Tiefe gestürzt. Statt aus Wänden und Boden bestand der Raum aus unzähligen Quadern, also rechteckigen Blöcken, die sich senkrecht und waagerecht durch den Raum bewegten wie frei schwebende Fahrstühle. Immer wieder erreichten zwei oder mehrere Quader dieselbe Ebene, sodass man für einen kurzen Moment die Möglichkeit gehabt hätte, von einem Block zum nächsten zu gehen, um erneut abzuwarten, bis der nächste Block dieselbe Ebene erreichte. Auf diese Weise verschoben sich ständig die Fortbewegungsmöglichkeiten innerhalb des Raumes, der gesamte Raum veränderte sich unentwegt.

Ben erkannte sofort, in welchen Raum sie blickten: »Das ist das Labyrinth!«

»*Das* ist ein Labyrinth?«, wunderte sich Frank. Er hatte es sich ganz anders vorgestellt. Er kannte Labyrinthe aus Rätselzeitungen, von der Kirmes oder aus dem Fernsehen, wenn Laborratten durchgeschickt wurden, um deren Intelligenz zu testen. Nie hatte er sich vorgestellt, dass das Labyrinth in der Stadt der Kinder dreidimensional und beweglich war!

»Da müssen wir hoffentlich nicht durch!« Das Durchqueren des Labyrinths erschien Jennifer schon schwer genug. Zudem aber wussten sie ja noch nicht einmal, was sie auf der anderen Seite erwartete. Vielleicht gab es gar keine andere Seite, weil der Raum tatsächlich unendlich war. Andererseits: Ein Labyrinth, das irgendwo begann, musste auch irgendwo aufhören.

»Wir können ja erst mal den anderen Weg gehen!«, schlug Frank vor. Er war zwar der Sportlichste von allen, aber nichts trieb ihn, sich an dem Labyrinth zu versuchen.

Schnell stimmten die anderen zu und gingen den Weg durch die zweite Tür.

Nur Frank verweilte noch einen Augenblick bei offener Tür und schaute ins Labyrinth.

»Kommst du?«, rief Miriam ihm zu.

»Ja, ja!«, antwortete Frank.

Miriam sah, wie Frank irgendetwas an der Tür machte, bevor er sie zustieß und zu seinen Freunden aufschloss.

»Was hast du dort gemacht?«, wollte Miriam wissen.

Frank zuckte mit den Schultern. »Nichts Besonderes, aber vielleicht wird es uns noch nützen!«

Miriam schüttelte den Kopf. Jungs und ihre Geheimniskrämereien. Sie konzentrierte sich lieber auf das Bevorstehende.

Der neue Weg mündete schon nach wenigen Metern auf eine Treppe, die aufwärts führte.

Soweit Miriam erkennen konnte, war sie etwa genauso lang wie jene, die sie zu Beginn hinabgestiegen waren, womit für sie die Sache klar war.

»Hier kommen wir wieder hinauf in den Zoo!«

Etwas anderes war gar nicht möglich: Treppe hinab, zwei Gänge, die nicht allzu lang waren, Treppe wieder hoch. Sie würden lediglich zwei-, dreihundert Meter von der Pyramide entfernt im Zoo wieder auftauchen.

»Hoffentlich nicht gerade im Affenstall!« Miriam war selbst in Situationen wie diesen noch zu Späßen aufgelegt.

»Besser als im Alligatorbecken!«, ergänzte Frank.

Nun gab auch Jennifer einen Tipp ab. Sie kannte sich recht gut im Zoo aus, und wenn sie richtig im Kopf hatte, wie sie gegangen waren, dann müssten sie ungefähr bei der Voliere herauskommen.

»Bei wem?«, fragte Frank.

»Vogelkäfig!«, übersetzte Jennifer.

»Und was glaubst du, Ben?«, wollte Miriam wissen.

Ben zuckte mit den Schultern. Sein Blick wirkte, als ob er dort oben Böses erwartete.

»Was ist los?«, hakte Miriam nach. »Meinst du, wir landen im Raubtierkäfig?« Auf eine weitere Begegnung mit dem Löwen konnten sie alle gut verzichten.

»Diese Welt funktioniert anders!«, erinnerte Ben. »Nach den Regeln eines Computerspiels kann dort oben alles sein!«

Miriam wich einen Schritt zurück.

Frank ging voran.

Oben am Ende der Treppe stießen sie auf eine Klappe. Vermutlich würden sie also irgendwo in einem Boden auftauchen.

Frank zögerte, sie zu öffnen. Dahinter konnte alles Mögliche erscheinen, rief er sich noch mal ins Gedächtnis zurück.

»Wir sollten uns darauf vorbereiten, die Klappe sofort wieder zu schließen und so schnell wie möglich über die Treppe abzuhauen!«, riet er.

Die anderen nickten ihm zu.

»Ich hoffe, dort oben sitzt kein Monster!«, flüsterte Frank.

»Ein Monster?«, wiederholte Jennifer. »Wie kommst du denn darauf?«

Wenn alles nach den Regeln eines Computerspiels funktionierte und im Computerspiel alles Mögliche auftauchen konnte, dann konnte oben auf der Klappe auch ein Monster hocken, fand Frank.

»Das ist theoretisch richtig!«, räumte Ben ein. »Aber wir sind im Computerspiel **Die Stadt der Kinder**. Da gibt's keine Monster!«

»Na, hoffentlich nicht!«, antwortete Frank. So ganz mochte er sich nicht darauf verlassen.

»Bei drei öffnen wir, okay?«, schlug Miriam vor.

Sie begann zu zählen.

Bei drei stemmte Frank sich gegen die Klappe. Sie

ließ sich leicht öffnen und er musste sich vorsehen, dass er sie nicht mit einem Ruck zu weit aufschlug und sie krachend auf den Boden knallte. Gerade noch konnte er die Klappe festhalten. Dadurch ragte er schon bis fast zur Gürtellinie in den fremden Raum hinein, ohne sich vorher umgesehen zu haben, wo er eigentlich hingeraten war. Noch mit der Klappe in der Hand schaute er sich um und war überwältigt von dem Anblick.

»Seht euch das an!«, flüsterte er seinen Freunden zu, die nach und nach ebenfalls die Köpfe durch die Luke steckten und in den Raum hineinsahen.

Sie befanden sich in einem Saal, dessen Decken mit Fresken und goldenen Kronleuchtern verziert waren. An den meterhohen Wänden hingen riesige Gemälde in goldenen Rahmen. In der Mitte des Saales stand ein Esstisch, so groß, wie ihn die Kinder niemals zuvor gesehen hatten. Es hatten bestimmt dreißig oder vierzig Leute daran Platz, schätzte Jennifer. Der Tisch war gedeckt mit feinstem Geschirr, goldenem Besteck und großen Kerzenleuchtern, die ebenfalls aus purem Gold zu sein schienen. An den Stirnseiten bewachten jeweils zwei Ritterrüstungen die großen Flügeltüren aus schwerem Eichenholz.

»Sind wir zurück im Museum?« Frank hoffte es mehr, als dass er es glaubte. Er wäre gern zurück gewesen bei den anderen, die es sich im Museum gemütlich gemacht hatten, jetzt schon schliefen und morgen früh gemeinsam frühstücken würden. Er vermisste Thomas und Achmed und sogar Norbert und die vielen anderen, die ins Museum als Hauptquartier gekommen waren.

Jennifer machte sogleich einen Strich durch seine Hoffnung.

»Wir sind nicht im Museum. Schaut euch die Bilder an!«

Auf den ersten Blick konnte Frank nichts Besonderes an den Gemälden erkennen. Auf den zweiten allerdings sah er, was Jennifer meinte.

Die Bilder zeigten vordergründig die üblichen Motive alter Gemälde: Schlachten, Krönungen, Königsporträts, hier und da mal eine Landschaft oder gar eine Bäuerin bei der Arbeit. Sah man genauer hin, wurde deutlich, dass die Bilder nicht alt sein konnten. Denn die Gesichter gehörten nicht alten Königen und Fürsten. Die Könige, Fürsten und Feldherren dieser Bilder trugen die Gesichter von Kindern. Kinder, die Frank schon gesehen hatte!

»Da!«, rief er und zeigte auf das Bild mit dem Schlachtfeld. »Der Kinder-König!«

Auch Ben erkannte den Jungen wieder, der sich als König der Stadt der Kinder ausgegeben hatte. Er hatte sich auf diesem Bild als Feldherr verewigen lassen. Und plötzlich sah Jennifer, was das überhaupt für ein Schlachtfeld war, auf dem der kindliche König als Feldherr agierte.

»Das ist ja unser Rathausplatz!«

Miriam entdeckte einen der Gegner: »Schaut mal, dort ist Kolja!«

»Was?«, stieß Frank aus und kletterte endlich ganz aus der Luke heraus.

Die anderen folgten, bauten sich vor dem riesigen Schlachtengemälde auf, das bestimmt vier Meter breit und mehr als zwei Meter hoch war.

»Kolja hat die Funktion eines Hauptmannes!«, glaubte Jennifer. Sie kannte sich sehr gut mit Kunst aus und sah in alten Gemälden mehr als Farben und Figuren. Sie wusste viel von der Symbolik, den Funktionen der Figuren und inhaltlichen Hintergründen solcher Bilder.

»Ja und?«, fragte Ben.

Jennifer zeigte auf einen anderen Jungen auf dem Bild.

»Kolja ist nicht der Feldherr. Er ist bloß Hauptmann. Feldherr ist der dort!«

»Wer ist das?«

Niemand hatte das Gesicht, das der Feldherr trug, jemals gesehen.

»Eine Fantasiefigur!«, vermutete Miriam, doch Ben und Jennifer widersprachen.

»Ich glaube, auf dem gesamten Bild ist nicht eine einzige Fantasiefigur!«, sagte Ben.

»Wenn das stimmt«, ergänzte Jennifer, »dann ist Kolja nur ein Handlanger. Die rechte Hand des Feldherrn. Der Feldherr bekämpft den König. Wir haben es mit zwei Gruppen zu tun.«

Sie zeigte noch mal auf den König als Feldherrn, dessen Gefolgschaft aus Soldaten und Geschäftsleuten bestand.

»Die Königstreuen!«, erklärte Jennifer.

Ihr Finger wanderte zum Feldherrn, weiter zu Kolja und dann zu einzelnen Figuren, die die anderen noch nicht beachtet hatten. Die Figuren plünderten Läden, beraubten die Geschäftsleute, überfielen Passanten.

»Und die Kriminellen!«, lautete Jennifers Erklärung. »Das sind die Vermummten. Beide – die Vermummten und die Königstreuen – kämpfen um die Macht in der Stadt!«

»Was wir auf dem Marktplatz ja deutlich gesehen haben, als Kolja den König angriff und das Rathaus übernahm!«, erinnerte sich Ben.

»Und die da?« Frank zeigte auf eine Gruppe, die er weder als königstreu noch als kriminell einstufen konnte. Sie standen einfach nur da.

Jennifer sah sich die Gruppe an und stieß einen Schrei aus.

»Was hast du?«

»Mensch, das sind wir!«

»Was?« Ben wäre am liebsten in das Bild hineingekrochen, so dicht ging er an das Gemälde heran, um zu sehen, welche Figur ihn selbst darstellen sollte.

Schließlich erkannte er sich.

»Seht euch mal meine bescheuerte Frisur auf dem Gemälde an. Das sieht ja aus, als trüge ich ein totes

Meerschweinchen auf dem Kopf. Frechheit!«, sagte Miriam.

»Sonst hast du keine Probleme?«, schnauzte Ben sie an.

»Wieso?«, wunderte sich Miriam. »Welche Probleme hast du denn?«

»Dass wir auf dem Bild erscheinen!«, erklärte Ben. »Das bedeutet: Wir sind die dritte Gruppe!«

»Und?«

»Wir haben es mit zwei Gegnern zu tun!«, war Ben sich sicher.

»Aha!«, machte Frank.

Bens Miene verfinsterte sich. »Aber das Schlimmste ...«

»Was?«

»Wir haben keinen Feldherrn!«

Jennifer verstand nicht, was daran so schlimm sein sollte. Auf militärische Hierarchien konnte sie gut verzichten.

»Wenn ich alles richtig begriffen habe ...«, setzte Ben fort, »... dann sind die Feldherrn die Computerspieler. Die Königstreuen haben einen. Die Aufständischen haben einen. Wir nicht. Damit sind wir die Einzigen, die das Spiel nicht steuern können. Wir sind zwar manipulierbar, selbst aber machtlos!«

Es dauerte einen Moment, bis die anderen die Tragweite dieser Erkenntnis begriffen hatten.

Das Geheimnis des Palastes

In gewisser Weise stellte das Gemälde in dem großen Saal den Spielstand des Computerspiels dar. Kolja hatte das Rathaus besetzt und war durch den Pyramideneingang in den Palast eingedrungen.

Da dies auf dem Gemälde noch nicht zu sehen war, konnte das nach Bens Meinung nur eines bedeuten: Wer immer den Spielstand registrierte, hatte noch nicht mitbekommen, dass Kolja bereits im Palast war.

»Er muss sich irgendwo versteckt halten!«, glaubte Ben. »Und wir sollten auch zusehen, uns nicht erwischen zu lassen!«

»Ich höre Schritte!«, sagte Miriam.

Jennifer zeigte auf eine schmale Tür unterhalb des Gemäldes. Durch sie zu fliehen erschien ihr besser, als durch eine der beiden großen Flügeltüren an den Stirnseiten des Saales zu entkommen oder gar zurück in den Gang zu laufen.

Es blieb keine Zeit für Diskussionen, und da sie ohnehin auf ihr Glück angewiesen waren, folgten alle Jennifers Vorschlag.

Die Tür ließ sich ohne Schwierigkeiten öffnen. Schnell schlüpften sie hindurch. Ben hätte gern gewusst, ob Kolja wohl den gleichen Weg genommen hatte.

Auch hinter dieser Tür blieb ihnen eine Überraschung nicht erspart. Sie standen in einem trüb beleuchteten Saal, dessen Wände aus Regalen bestanden, die ihrerseits in Fächer unterteilt waren. Ein wenig wirkten die Wände wie riesige Setzkästen, nur dass die Fächer alle exakt die gleiche Größe hatten, etwa fünfzig Zentimeter breit und so hoch, wie Ben groß war. Das zu erkennen benötigte kein besonderes Augenmaß, denn in jedem der Fächer stand ein Kind. Jeweils drei Fächer über- und geschätzt zwanzig nebeneinander. Zu beiden Seiten waren also rund sechzig Kinder gelagert wie eingefroren; still, steif, leblos – mit toten Augen.

Wie bei den Ausstellungskästen eines Museums gab es auch hier kleine Schildchen unter jedem Kind, auf denen zum Beispiel zu lesen war: »Klaviervirtuose, Mathematiker, Artist, Tänzerin.«

»Ist es das, was ich denke?«, fragte Jennifer Ben.

Ben nickte. »Das vermute ich auch.«

»Was?«, wollte Frank wissen.

»Experimente mit der Computerprogrammierung im Level 4.2«, erläuterte Ben. »Nicht nur Busfahrer werden programmiert, wie es Miriam getroffen hat, sondern offenbar auch Manipulationen im größeren Stil. Großartige Klavierspieler, Mathematiker usw. Hochbegabte Wunschkinder!«

»Der blanke Horror!«, entfuhr es Jennifer.

Unwillkürlich schnappte sie nach Miriams Hand und drückte sie fest.

Miriam erwiderte den Händedruck. Auch ihr schlug dieser Anblick auf den Magen.

Schon wieder waren sie auf der Flucht. Allmählich wurde es Ben zu viel. Niemals blieb Zeit, zu erkunden, in was für eine Welt sie eigentlich geraten waren, welche neuen Regeln existierten, wer hinter allem steckte, wo Kolja geblieben war und welche Rolle er spielte. Ben hasste es, wie ein Hase gejagt zu werden und nichts anderes tun zu können, als im Zickzack um sein Leben zu laufen, statt seine Geschicke selbst in die Hand zu nehmen, zu agieren, das Spiel und damit die Welt, in der sie sich befanden, in den Griff zu bekommen, zu beherrschen und somit einen Ausweg zu finden.

Er hatte die Nase voll von den Überraschungen, die sie jedes Mal vor neue Probleme stellten, statt alte zu lösen.

»Wir sollten erst mal sehen, dass wir weiterkommen«, schlug Miriam vor.

Doch Miriams Vorschlag kam schon zu spät. Sie hörten bereits Schritte vor der Tür.

»Mist, die Verfolger kommen!«, rief Frank aufgeregt. Schnell wollte er eine Tür weiterrennen, in den nächsten Raum hinein.

Doch Jennifer hielt das für keine gute Idee. »Im Gegensatz zu unseren Verfolgern kennen wir uns im Palast nicht aus! Da sind wir immer im Nachteil. Wer weiß schon, was uns im nächsten Raum erwartet!«

Ben stimmte Jennifers Einwand vorbehaltlos zu. So hatte er auch keine Antwort auf Franks Frage parat, was sie sonst tun sollten.

Jennifer allerdings hatte eine verwegene Idee.

Angriff

Ben stand still und regungslos. So etwas sagte man so leicht dahin. Jemand stand still, wie zu Stein erstarrt, rührte sich nicht. Etwas anderes war es, es tatsächlich zu tun: absolut bewegungslos dazustehen!

Nicht einmal die Augenlider bewegte er. Den Blick hielt er starr geradeaus, obwohl er zu gern beobachtet hätte, wie Frank, Jennifer und Miriam mit ihrer Aufgabe klarkamen, in einer der Boxen stillzustehen. Täuschend echt stillzustehen. Die Verfolger hatten den Raum mit den gelagerten Kindern betreten und suchten ihn penibel ab. Ben, Frank, Miriam und Jennifer hatten sich als Gleiche unter Gleichen in die freien Boxen gestellt. Eben noch war es für sie eine Horrorvision gewesen, selbst als programmierte und bestellte Kinder missbraucht zu werden. Jetzt hatten sie sich zur Tarnung freiwillig unter sie gemischt. Jennifer hatte es für die beste Möglichkeit gehalten, den Verfolgern zu entkommen. So wie es aussah, behielt sie recht. Die Verfolger suchten verzweifelt, waren sich sicher gewesen, Ben und seine Freunde in diesem Raum aufzuspüren, und hatten nun sicht- und hörbare Schwierigkeiten, ihre Niederlage einzugestehen.

»Einen Raum weiter können sie nicht sein!«, rief

einer der Verfolger. »Dort hätte sie die Königswache erwischt!«

Wie auf Stichwort öffnete sich die Tür, durch die Frank hatte entwischen wollen, und zehn uniformierte Kinder traten ein, die offenbar die Leibwache des Königs darstellten.

Ben fiel ein Stein vom Herzen. Gut, dass sie auf Jennifer gehört hatten. Die Verfolger hatten den Raum von beiden Seiten belagert. Wären sie Franks Vorschlag gefolgt, wären sie geschnappt worden.

Wenn im nächsten Raum allerdings schon die Leibwache des Königs zuständig war, so konnten sie sich nicht weit vom König selbst befinden. Sie waren also auf dem richtigen Weg, wobei Ben nicht klar war, was sie eigentlich hätten tun wollen, wenn sie dem König begegnet wären. Warum waren sie überhaupt Kolja durch den Pyramideneingang gefolgt? Sie hätten sich die Konsequenzen vorher besser überlegen sollen. Doch nun war es zu spät. Natürlich juckte Ben wieder die Nase. Es passierte ihm immer in Situationen, in denen es lebenswichtig war, mucksmäuschenstill zu sein. Es war eine Tücke der Psyche. Wenn er wusste, dass er sich auf keinen Fall bewegen durfte, juckte prompt die Nase. Als ob ihn sein Nervensystem zusätzlich auf die Probe stellen wollte. Bens Mutter besaß ein ähnliches Problem. Immer wenn sie im Kino oder im Theater in der Mitte der Sitzreihe saß, bekam sie mit Beginn der Vorstellung das Gefühl, auf die Toilette zu müssen.

Wenn es nur darum ging, still zu sein, hatte Ben eine Technik entwickelt, die Nase so zu rümpfen, dass das Jucken verschwand. Aber nun musste er nicht nur still, sondern auch bewegungslos sein. Ein Naserümpfen kam nicht infrage. Er versuchte, an etwas anderes zu denken. Aber an was? Seine Gedanken blieben bei der juckenden Nase. Egal, woran er auch dachte, im Vordergrund blieb die juckende Nase. Wie eine Fehlermeldung auf dem Computermonitor. Was man auch anstellte, das blöde Fenster mit der Fehlermeldung blieb – bis zum Neustart. Für Ben gab es keinen Neustart. Das Jucken der Nase blieb. Vermutlich hätte Ben keine Chance gehabt, hätte sich irgendwann an der Nase kratzen oder niesen müssen und sich und die anderen damit verraten.

Die Rettung kam von außen.

Nicht etwa durch eine der beiden Türen, die Ben bis vor einer Sekunde noch für die einzigen Eingänge gehalten hatte. Sondern von oben. Die Verfolger waren genauso überrascht wie Ben, als in der Decke des Raumes plötzlich ein paar Klappen aufsprangen, die zuvor niemand wahrgenommen hatte, und sich aus den Öffnungen heraus eine ganze Anzahl von vermummten Kämpfern abseilte.

»Kolja!«, hätte Ben beinahe geschrien, doch im letzten Moment konnte er sich seinen Ausruf verkneifen.

Unter normalen Umständen hätte Ben sich gefreut, denn Kolja kam genau im richtigen Moment, um Ben ➧

und seinen Freunden aus der Bredouille zu helfen, doch Ben zweifelte, ob dies das Motiv für Koljas Angriff war. Kolja wusste vermutlich gar nichts von Bens Anwesenheit. Ihm und seinem Gefolge ging es nur darum, die Königstreuen zu besiegen, den König zu schlagen und selbst die Macht über die Stadt zu übernehmen.

Kolja und seinem Gefolge war es gelungen, den Überraschungsmoment zu nutzen. Ehe die Königstreuen begriffen, was passierte, und sich organisieren konnten, waren sie von Koljas Truppe schon überwältigt worden.

Kolja gab den Befehl, die Königstreuen zu fesseln. Dann sah er sich um und blieb vor Miriam stehen.

Er schien sich dunkel an sie zu erinnern, weit entfernt wie an eine Schulfreundin, die man jahrelang nicht gesehen und die mittlerweile ihr Aussehen komplett verändert hatte. Würden sie jetzt auffliegen? War ihre ganze Tarnung vergebens gewesen, weil Kolja irgendwo im Hinterstübchen seines programmierten Gehirns doch noch eine Erinnerung an die reale Welt hatte?

Während Ben sich den Kopf über diese und viele weitere Fragen zermarterte, bevorzugte Miriam mal wieder die praktische Lösung.

Sie sprang einfach aus ihrer Box heraus, direkt auf Kolja zu und rief ihm ins Gesicht: »Kolja, du Spinner! Du bist in Level 4.2!«

Aber natürlich!

Ben stieß sich vor die Stirn. Durch das Codewort war es möglich, die Figuren aus ihren Rollen zu befreien. Im entscheidenden Moment hatte Ben nicht daran gedacht. Miriam aber hatte es keine Sekunde vergessen, sofort die Lage erkannt und cool genutzt, als Kolja, den sie seit seiner Programmierung nicht mehr hatten erreichen können, ihr endlich gegenüberstand.

Kolja blinkte mit den Augen, als wäre er aus einem Schlaf erwacht, schüttelte sich, erschrak ein wenig, als er merkte, wie nah Miriam bei ihm stand, und stammelte: »Wo bin ich? Miriam, was machst du hier? Was mache ich hier?«

»Das erklären wir dir später!«, kürzte Miriam seine Fragen ab. »Sag uns lieber, wie man hier herauskommt!«

»Oder wo der König ist!«, ergänzte Frank, der nun auch aus seiner Box herausgekommen war, ebenso wie Jennifer und Ben.

»Sollen wir sie festnehmen?«, fragte einer von Koljas Gefolge.

Aber es war nicht mehr Koljas Gefolge, zumindest fühlte er sich nicht mehr als ihr Anführer. Im Gegenteil: Er konnte sich nicht mal mehr an sie erinnern.

Kolja taumelte durch die Anwesenden wie ein Betrunkener, dem jegliche Erinnerung abhanden gekommen war. Er hatte gemeinsam mit Achmed den König verfolgt, dann hatte ihn die Programmierung getroffen und ab dem Zeitpunkt wusste er nichts mehr; nicht einmal, dass er von der Straße aus durch eine Hauswand verschwunden war.

»Ist die Überschwemmung vorbei?«, fragte er verdattert.

»Oje!«, stöhnte Miriam. Sie ahnte, welche Mühe es machen würde, Kolja die gesamte Geschichte, die sie erlebt hatten, in Kurzform mitzuteilen, damit er wenigstens halbwegs im Bild war.

»Was ist denn jetzt?«, fragte der aus seinem Gefolge nach. So unentschlossen hatte er seinen Anführer noch nie erlebt.

»Gib ihnen den Befehl, hier zu warten, bis neue Anweisungen von dir kommen!«, flüsterte Ben Kolja ins Ohr. Ben hielt es für das Beste, Koljas Trupp für eine Zeit lang gewissermaßen hier zu parken, also ruhig zu stellen und auf einem inaktiven Modus zu behalten. Ganz so, als hätte er in einem Computerspiel noch eine Reservearmee in petto.

Der Plan funktionierte. Koljas Gefolge setzte sich, hielt die gefesselten königstreuen Verfolger in Schach und begnügte sich damit, ansonsten erst einmal nichts zu tun.

Jennifer hielt Bens Plan für sehr risikoreich. Immerhin konnten die Wartenden von den Computerspielern jederzeit wieder aktiviert werden, doch Ben erinnerte sie daran, dass diese Möglichkeit ohnehin zu jeder Sekunde bestand. Und auch sie selbst waren ja ständig in Gefahr, sich in willenlose Spielfiguren zu verwandeln. Dass sie bis zu diesem Punkt so unbehelligt davongekommen waren, konnte nur bedeuten, dass die Spieler augenblicklich zu sehr mit anderen Dingen beschäftigt waren.

Im nächsten Moment wusste Ben auch, womit.

Sein Handy piepte.

Thomas war dran. Alles, was er melden konnte, bevor die Verbindung wieder abbrach, war: »Hilfe! Wir sind umstellt! Die wollen uns angreifen!«

»Wer?«, konnte Ben noch fragen.

Thomas antwortete: »Alle!«

Die letzten Retter

Die Nachricht vom Angriff auf das Museum versetzte Ben und seine Freunde in Panik. Die Königstreuen kämpften gegen die Vermummten um die Macht in der Stadt – doch was hatten die Kinder in dem Museum damit zu tun, da sie doch neutral waren und zu keiner der beiden Parteien gehörten?

Kolja hätte vielleicht das Rätsel lösen können, doch der konnte sich ja an nichts erinnern.

»Während wir hier herumstehen und uns die Köpfe heißreden, werden Thomas, Achmed, Norbert und all die anderen angegriffen, und wir sind nicht bei ihnen!«, drängte Miriam.

»Wir sind auch nur eine Handvoll Leute!«, entgegnete Ben. »Wir können denen kaum helfen!«

Genau genommen gab es nur eine Möglichkeit: Achmed und Thomas mussten den Widerstand der Museumskinder gegen die Angreifer organisieren und so lange wie möglich ausharren.

Frank erschien es zunächst ganz einfach. Die Kinder im Museum mussten den Angreifern einfach immer nur das Codewort sagen, um sie aus ihren Rollen herauszuholen! Doch Ben glaubte, dass ein solches Zurückholen aus der Programmierung nicht bei allen Kindern der Stadt möglich war. Schon länger hatte Ben ja die

Theorie vertreten, dass die Kinder sich unterschiedlich lang hier in der Stadt der Kinder aufhielten. Einige wie sie selbst waren recht neu, andere schienen sich bereits seit langer Zeit hier eingerichtet zu haben.

Kurzum: Der Widerstand im Museum reichte wahrscheinlich nicht aus. Besser wäre es, würde es Ben, Frank, Jennifer, Miriam und Kolja in der gleichen Zeit gelingen, die Programmierer ausfindig zu machen und sie irgendwie zu besiegen. Das war die einzige Möglichkeit, die Armeen zu stoppen, die in dieser Minute das Museum angriffen.

Kolja hätte lieber Achmed und die anderen unterstützt, als zwei Programmierer zu suchen, doch die anderen waren strikt dagegen. Sie waren froh, Kolja nicht mehr als Gegner, sondern als Freund wiedergewonnen zu haben. Sie wollten ihn kein zweites Mal verlieren. So fügte sich Kolja in seine Rolle.

»Okay!«, sagte er. »Und wo suchen wir die Programmierer?«

»Gute Frage!«, entgegnete Ben. »Wenn du dich erinnern könntest, wüssten wir es, denn ich vermute, du warst gerade auf dem Weg zum König.«

»Gut!«, sagte Jennifer. »Wir sind im Königspalast und werden hier sicher den König finden. Aber selbst wenn es uns gelänge, ihn zu überwältigen ... wie auch immer ...«

»Das lass mich nur machen!«, sprach Kolja dazwischen und rieb sich schon die Fäuste.

Jennifer hatte für ihn nur ein Stirnrunzeln übrig. Sie war überzeugt, dass in dieser Auseinandersetzung harte Fäuste als Letztes gefragt waren. Deshalb setzte sie ihren Satz fort: ». . . selbst wenn es uns gelänge, den König zu überwältigen, bleibt immer noch die Frage: ›Wer ist der Programmierer der Vermummten und wo steckt er?‹.«

Audienz beim König

Die Kinder hatten sich entschieden, die Aufgaben der Reihe nach anzugehen. In der Hoffnung, Achmed und Thomas würde es gelingen, den Widerstand gegen die Angreifer lang genug aufrechtzuerhalten, wollten sie zunächst den König suchen, und anschließend versuchen herauszubekommen, wer die Vermummten führte. Ben rechnete sogar mit der Möglichkeit, beim König selbst mehr über den Feldherrn, sprich: Programmierer der Vermummten, zu erfahren.

»Der König wird schließlich wissen, gegen wen er kämpft!«, hoffte Ben.

Der Weg zum König konnte nicht mehr weit sein. Schon eine Tür weiter würden sie auf die Leibwache des Königs stoßen. Ob die sich durch Befehle aus ihren Rollen befreien ließen, durfte bezweifelt werden. Aber irgendwie mussten sie weiterkommen. Wenngleich der Weg zum König kurz schien, so war er doch nicht weniger beschwerlich.

Miriam legte ihren Kopf in den Nacken, sah zur Decke und fragte sich, wo Kolja eigentlich hergekommen war, als er sich mit seinem Gefolge von der Decke abgeseilt hatte.

Franks Miene hellte sich mit einem Mal auf. »Das ist doch die Idee!«, fand er. »So wie Kolja unbemerkt in diesen Raum eingedrungen ist, so können wir vielleicht auch die nächsten Räume erreichen. Koljas Leute haben die Ausrüstungen doch noch bei sich!«

Jennifer grinste. »Und im Gegensatz zu Kolja wissen die auch, wohin die Gänge führen und wo sich der König befindet«, fiel ihr ein. »Sie sind ja noch in ihren Rollen!«

Ben schlug sich gegen die Stirn. »Natürlich!«

Miriam begann sofort mit der Befragung. Nachdem Kolja, den sie noch immer für ihren Anführer hielten, die Erlaubnis erteilt hatte, gaben seine Gefolgsleute auch bereitwillig Auskunft.

»Zwischen den Stockwerken gibt es geheime Hohlräume!«, erzählte einer. »Niedrige Kriechgänge, durch die man unbemerkt von Raum zu Raum gelangen kann. In jedem Raum gibt es Klappen, durch die man in die Gänge hinein- oder hinausgelangt!«

»Und wo ist der Sitz des Königs?« Miriam glaubte sich mit ihrer Befragung kurz vor dem Ziel. Entsprechend enttäuscht war sie, als der Befragte nur mit den Schultern zuckte, auf Kolja zeigte und antwortete: »Das weiß nur unser Anführer!«

Miriam schaute Kolja an. Der »Anführer« wusste leider von gar nichts. Kolja zog entschuldigend die Augenbrauen hoch.

»Also müssen wir durch die Schächte!«, lautete Franks Vorschlag. Er begann bereits damit, Koljas Gefolgsleuten die Kletterausrüstungen abzunehmen.

Auch Jennifer behagte der Gedanke nicht, sich in die Kluft der Vermummten zu werfen und wie diese durch geheime Schächte zu robben.

»Ich bin doch kein Soldat!«, stellte sie verächtlich fest.

»Hast du eine bessere Idee?«, entgegnete Frank.

Die hatte Jennifer in der Tat.

»Fesselt die Vermummten!«, schlug sie vor.

»Wieso?«, fragte Kolja. Er konnte sich zwar nicht erinnern, jemals deren Anführer gewesen zu sein. Dennoch fühlte er sich den Vermummten auf seltsame Weise noch verbunden.

»Mach dir keine Sorgen, Kolja!«, schmunzelte Jennifer. »Denn du wirst ihr Schicksal teilen!«

Kolja verstand nicht.

»Du wirst auch gefesselt«, stellte Jennifer klar.

»Was?«, empörte sich Kolja. »Wieso das denn?«

»Der König hat euch Wachleute auf den Hals gehetzt, weil er euch fangen wollte. Ihr habt zwar den Kampf gegen die Königstreuen gewonnen, aber das weiß der König vielleicht noch nicht. Also spielen wir ihm doch vor, was er sich wünscht: dass wir . . .«, Jennifer zeigte auf Ben, Miriam und Frank, »bereits auf königstreu programmiert wären und euch«, nun zeigte sie auf Kolja und seine Gefolgsleute, ». . . gefangen haben. Der König wird zufrieden sein und uns eine Audienz gewähren!«

Jennifers Freunden stand der Mund offen vor Staunen.

»Wir brauchen den König nicht zu suchen. Er wird uns zu sich bitten!«, prophezeite sie. »Es ist ein bisschen wie beim Trojanischen Pferd!«

Jennifer warf Ben einen Blick zu. »Und damit meine ich keinen Computervirus!«

»Obwohl der ähnlich funktioniert!«, antwortete Ben lächelnd. »Jennifer, du bist genial!«

»Genial?«, schimpfte Kolja. »Ich werde gefesselt. Was ist daran genial?«

»Alles!«, lachte Frank und drehte Kolja die Hände auf den Rücken, um sie zusammenzubinden.

Mürrisch fügte Kolja sich dem Vorschlag. Schwieriger war es schon, seine Gefolgsleute zu überzeugen. Zwar waren sie nach wie vor folgsam genug, auf ihren vermeintlichen Anführer zu hören, aber andererseits waren sie schließlich hierhergekommen, um gegen den König zu kämpfen, und nicht, um sich an den König ausliefern zu lassen.

Kolja musste all seine Persönlichkeit und Autorität aufbringen, ehe seine Gefolgsleute bereit waren, sich fesseln zu lassen, und dafür sogar noch die nötigen Seile selbst zur Verfügung zu stellen.

Alles in allem dauerte es fast eine halbe Stunde, ehe der Gefangenentransport sich in Bewegung setzte, um sich der Leibwache des Königs zu stellen.

Als Frank die Tür öffnete und die Leibwache sofort auf ihn zustürmte, rutschte ihm das Herz in die Hose. Kein Wort brachte er heraus und vielleicht wäre schon im Ansatz der ganze Plan gescheitert, wenn nicht Miriam sofort das Wort ergriffen und so sehr auf die Leibwache eingeredet hätte, dass der gar nichts anderes übrig blieb, als den Gefangenentransport schließlich zum König zu geleiten.

Ben schwitzte Blut und Wasser, während Miriam mit der Leibwache verhandelte. Wenn nur einer auf die Idee gekommen wäre, aus reiner Neugier mal in den Raum hineinzuschauen, aus dem sie gekommen waren, hätte er die gefesselten Königstreuen gesehen, und alles wäre aufgeflogen. Doch glücklicherweise kam niemand auf diese Idee.

Ben hatte richtig vermutet. Sie waren dem König schon sehr nah gekommen.

Die Leibwache führte sie nur einen Raum weiter, eine Treppe hinauf, durch einen Flur, und da waren sie schon. Sie standen vor einer großen Flügeltür, deren goldene Türgriffe zwei Dollarnoten nachempfunden waren. In die Türen waren zwei Sportwagen eingraviert und die Holzmaserung erinnerte an zwei Frauenkörper.

Jennifer sah die Tür und sofort war ihr klar: »Wir treffen ein Arschloch!«

Einer der Leibwächter öffnete die Flügeltür und bat die Gruppe mit einer Handbewegung einzutreten.

Als Jennifer den Raum betrat, wäre sie beinahe wieder rückwärts herausgefallen. So sehr war sie geschockt über die geballte Geschmacklosigkeit, mit der der Königssaal eingerichtet war.

Am Ende des Raumes stand zwar, wie sie erwartet hatte, ein mit rotem Samt bezogener Thron, aber das war auch schon alles, was auf einen Königssaal hinwies. Der Rest wirkte eher wie ein Pauschalhotel in einem Touristengebiet. Zu beiden Seiten des Throns standen Palmen, vor denen – Jennifer rieb sich die Augen, weil sie es nicht glaubte! – jeweils zwei Mädchen in ihrem Alter im Bikini dem König mit Palmenblättern Luft zufächerten.

Links vom Thron baumelte eine Hängematte zwischen zwei weiteren Palmen, rechts vor dem Thron stand ein Formel-1-Ferrari. Hinter dem Thron türmten sich so gewaltige Lautsprecher-Boxen auf, dass den Bikini-Mädchen davor eigentlich die Ohren wegfliegen mussten, wenn jemand Musik anstellte.

An der Decke hingen neben prächtigen Kronleuchtern farbige Spots und Discokugeln, an den Wänden prangten zwischen Gemälden alter Meister überdimensional vergrößerte Playboy-Poster. Auf der linken Seite des Saales standen wie in einer Fressmeile eines Jahrmarktes eine Popcorn-Maschine, ein Eiswagen, eine Dönerbude und ein Fritten-Imbiss. Auf der gegenüberliegenden Seite war ein kleines DVD-Kino aufgebaut und davor etwas, das Frank sofort als eine Trainingsstätte für Kickboxer erkannte: Boxring, Sandsack, Hantel- und Fitnessgeräte, Poster von Kickboxern.

Auf dem Thron lümmelte sich der König! Pickeliges Gesicht, Haare, von denen man nicht wusste, ob sie vor Fett oder Gel so glänzten. Auf der gepiercten Nase saß eine schwarze Sportlerbrille und statt Gewand und Schärpe trug dieser König Schlabberhosen, Nike T-Shirt, Baseballkappe und Sportschuhe.

Als Ben, seine Freunde und die Gefangenen vor ihm standen, richtete sich der König, den Miriam auf etwa fünfzehn schätzte, leicht auf und sah sie durch seine kleinen, schmalen Augen einerseits misstrauisch, andererseits zufrieden an.

»Kolja?«, fragte er und zeigte auf ihn.

Kolja schluckte. Und nickte.

»So, so!«, schmunzelte der König. »Al-Cas Hauptmann! Welch nettes Geschenk!«

Al-Ca?, schoss es Ben durch den Kopf.

Jennifer hatte sofort eine schreckliche Assoziation mit der weltweit gefürchteten Terrortruppe. Was hatte die mit dieser Stadt der Kinder zu tun? Der Anführer der Vermummten hatte doch wohl nicht etwa die Terroristen zum Vorbild?

Al-Ca! Diesen Namen kannte Ben doch. Er hatte ihn schon einmal gehört. Ganz sicher!

»Dann ist seine Truppe ja deutlich angeschlagen!«, freute sich der König, während Kolja mulmig in der Magengegend wurde.

War er eine so wichtige Figur bei den Vermummten gewesen? Und wer waren diese Vermummten wirklich? Was hatte er alles angestellt? Kolja spürte, wie schwer es ihm plötzlich fiel, seine Rolle als gefangener

Hauptmann weiterzuspielen. Was würde der König mit ihm anstellen? Was, wenn er als Terrorist angesehen wurde? Mit gefangenen Terroristen spaßten Könige nicht. So viel stand mal fest. Er sah verstohlen zu Jennifer hinüber. Auf welche Schnapsidee hatte er sich hier eingelassen? Für einen Moment überlegte Kolja, ob er die ganze Sache nicht auffliegen lassen sollte.

Jennifer erwiderte Koljas Blick. Sie sah die Furcht in seinen Augen. Schnell schaute sie weg. Und rief sich in Erinnerung, weshalb sie hier waren: Sie wollten herausbekommen, wer und wo der Anführer der Vermummten war. Sie wollten herausbekommen, wo die Programmierzentrale der Königstreuen war und wie man sie abstellte. Doch all diese Gedanken spielten plötzlich keine Rolle mehr, als der König freundlich seinen Befehl gab: »Nehmt sie fest! Alle!«

»Was?«, schrie Frank. Da waren schon zwei Leibwächter bei ihm, die ihn festhielten.

»Was soll das?«, empörte sich Miriam. »Wir haben dir schließlich den Hauptmann ausgeliefert!«

»Das war auch sehr nett von euch!«, schmunzelte der König. »Über kurz oder lang hätte ich ihn sicher selbst gefangen, aber so ging es schneller!«

Jennifer rief den Leibwächtern, die sie festhielten, schnell das Codewort zu, in der Hoffnung, sie damit aus ihrer Rolle zu befreien.

Doch nichts geschah.

Der König lachte: »Gar nicht so dumm! Aber die

sind gar nicht programmiert! Sie machen es aus Überzeugung. Genau wie ihr!«

»Ihr seid unabhängig?«, wunderte sich Ben.

Die Leibwächter nickten. Ben begriff. Er hatte geglaubt, alle Unabhängigen hätten sich bei Thomas und Achmed im Museum versammelt. Auf die Idee, dass es auch Unabhängige geben konnte, die sich aus freiem Willen und Überzeugung dem König oder den Vermummten angeschlossen hatten, war er gar nicht gekommen. Aber es war ja nur logisch. Auch in der realen Welt gab es schließlich genug Gauner und machthungrige Karrieristen. Die brauchte man gar nicht zu programmieren. Die waren auch so blöd genug.

»Nur, dass eure Zeit jetzt abgelaufen ist«, sprach der König weiter. »Ich habe keine Lust, mir von euch in die Suppe spucken zu lassen!«

»Abgelaufen?«

»Hör mal gut zu, du Pickelprinz!«, schimpfte Miriam und wollte auf den König losgehen, doch die Leibwächter hielten sie fest. So sagte sie nur: »Der hat sie nicht mehr alle!«

»Ganz im Gegenteil!«, erwiderte der König. »Ich habe euch alle. Und eure Freunde im Museum halten auch nicht mehr lange durch. Meine Unabhängigen-Armee hat sie bald besiegt!«

Er schnippte mit dem Finger.

»Abführen!«

Flucht aus dem Museum

Der König hatte recht gehabt. Viel schneller als erwartet gelang es den königstreuen Truppen, das Museum zu stürmen. Anfänglich hatten Achmed, Thomas und die anderen noch mit allen Kräften Türen und Fenster verbarrikadiert. Dann hatten sie versucht, über das Codewort die Soldaten aus ihren Rollen zu befreien. Aber als alles nichts half, hatten sie ihren Widerstand aufgegeben. Die königlichen Truppen stürmten das Museum. Doch – das Museum war leer. Sosehr die königlichen Truppen auch suchten, sie fanden niemanden mehr im Museum vor.

»Wo hast du uns wieder hingeführt, ey?« Achmed hatte genug von dunklen Gängen und Schächten, verwinkelten Wegen und engen Durchschlupfen.

»Wir sind im Keller des Wasserwerkes!«, antwortete Thomas. In letzter Sekunde war ihm der alte Herd eingefallen, durch den der geheime Gang führte. Dies war der letzte Fluchtweg, den sie zur Verfügung hatten.

Zwar war es mühsam und langwierig, alle Kinder durch den Herd in Sicherheit zu bringen. Doch Achmed hatte seine Sache gut gemacht, mit großem Getöse den Widerstand im Museum zu simulieren, indem er alle Fenster und Türen abriegelte, oben aus den

Fenstern mit Speeren und schweren Gewichten warf und mit Pfeil und Bogen schoss. Mehr als eine halbe Stunde konnte er auf diese Weise die königlichen Truppen beschäftigen. Genug Zeit für alle anderen, durch den Herd zu verschwinden.

Als Letzter hastete Achmed durch den geheimen Gang, während die Königstreuen schon ins Museum einstiegen.

Ehe jemand den geheimen Gang fand, wären sie längst über alle Berge. Die größte Schwierigkeit war, wo dies liegen sollte: *über alle Berge*?

Sie steckten fest in der Stadt der Kinder und wussten nach wie vor nicht, wie man diesem Spiel entkommen sollte.

»Wir müssen erst mal Ben und die anderen finden!«, schlug Thomas vor. Damit waren die anderen einverstanden. Doch Ben hatte sich nicht mehr gemeldet und auf ihre Anrufe ebenfalls nicht reagiert. Irgendwas musste passiert sein. Die letzte Information war, dass sie Kolja zurückgewonnen hatten. Das war noch eine gute Nachricht gewesen. Danach musste etwas Schreckliches geschehen sein.

»Super Idee von dir, Jennifer!«, pflaumte Kolja sie an. »Mich ausliefern und stillhalten. Ganz hervorragend! Jetzt sitzen wir alle in der Tinte!« Kolja hockte auf dem Boden, den Kopf in die Hände gestützt und sah Jennifer vorwurfsvoll an.

»Red keinen Quatsch!«, ging Ben dazwischen. »Wir alle haben ihrem Plan zugestimmt, also haben wir alle unsere Lage selbst zu verantworten!«

»Ich war gleich dagegen!«, korrigierte Kolja.

Jennifer ärgerte sich selbst über ihren Plan. Wie hatte sie nur so dumm sein können, dem König zu vertrauen. Natürlich hatte er überhaupt keinen Grund gehabt, sich ihnen gegenüber als Dank für Koljas Verhaftung erkenntlich zu zeigen. Er hatte die Macht in dem Palast, Fairness oder Gnade waren nicht seine Sache.

Jetzt hockten sie eingesperrt in einem Raubtierkäfig wie die letzten Affen im Zoo! Doch ihr Käfig stand im Garten des Palastes! Umringt von Mauern, von niemandem einsehbar, abgesperrt und zusätzlich von zwei Wachen bewacht, die natürlich auch nicht programmiert waren, sondern ihre Rollen freiwillig ausübten.

Kolja scharrte mürrisch mit dem Fuß im Sand. »Hier stinkt's nach Puma-Pisse!«, meckerte er.

»Du kannst dich ja bei der Reiseleitung beschweren!«, fuhr Miriam ihn an. Sie hatte genug von Koljas Gemaule. Sie saßen schließlich alle im gleichen Schlamassel. Da half es wenig, wenn einer besonders schlecht gelaunt war und den anderen Vorwürfe machte.

»Wir sollten froh sein, dass wir nicht alle für irgendeinen Schwachsinn programmiert wurden!«, fand Frank.

Ben fand seine Vorfreude verfrüht. »Das kommt noch!«, war er sich sicher.

»Sag mal, Kolja!«, sagte Ben plötzlich. »Du hast doch immer erzählt, damals als ich dich ins Labyrinth lockte . . .«

Kolja wandte den Blick von Ben ab. Er mochte nicht gern daran erinnert werden, wie er damals in der Stadt der Kinder erst versucht hatte, die Macht zu übernehmen, und dann von Ben hereingelegt und ausgeschaltet wurde, indem er durch eine Falltür ins Labyrinth gefallen war.

». . . da wärst du auf einen Löwen gestoßen, vor dem du dich retten musstest. Stimmt's?«

»Ja, stimmt!«, murrte Kolja.

Miriam verdrehte die Augen. Sie mochte die Geschichte noch immer nicht glauben, trotz des Zwischenfalls mit dem Löwen im Zoo.

»Vielleicht war der Löwe damals gar nicht aus dem Zoo?«, überlegte Ben.

»Woher denn sonst?«, maulte Kolja.

Ben schwieg.

Bei Kolja klickerte es.

»Du meinst, der kam von hier – aus diesem Käfig?«

Ben zuckte mit den Schultern. »Warum nicht?«

»Hey, Moment mal!«, warf Jennifer ein. »Damals gab es weder Palast noch König. Also hat es hier auch noch keinen Käfig und keinen Löwen gegeben!«

»Da wäre ich nicht so sicher!«, wandte Ben ein.

»Mmh!«, grübelte Miriam. Dunkel erinnerte sie sich. »Soweit ich weiß, vermissten wir damals keinen Löwen im Zoo. Deshalb haben wir Kolja seine Geschichte ja auch nie geglaubt!«

Ben nickte.

Jennifer sah ihn mit großen Augen an.

»Vielleicht war der Palast damals nur noch nicht fertig. Aber der König war bereits dabei, ihn zu programmieren.«

»Mit einem Löwenkäfig?«, fragte sich Jennifer.

»Dem Tütenkopf traue ich alles zu!«, sagte Miriam.

»Okay, okay!« Frank ging die Diskussion mal wieder zu schnell. »Na und! Und wennschon. Was ist, wenn es damals diesen Käfig schon gegeben hat? Was soll's? Was heißt denn das?«

»Wenn der Löwe damals nicht aus dem Zoo, sondern von hier kam, heißt es, aus diesem Käfig gibt es einen Zugang zum Labyrinth!«

»Und das Labyrinth haben wir schon gesehen!«, erinnerte sich Jennifer. »Es führt in den Gang, durch den wir gekommen sind!«

»Und zur Falltür, durch die ich damals gefallen bin. Und die ist in einem Laden in der Stadt!«

Ben nickte allen heftig zu.

»Aber wenn der König es selbst programmiert hat, weiß er von dem Zugang und hätte uns nicht hier hineingesteckt. Der ist doch nicht blöd!«, gab Miriam zu bedenken.

»Natürlich ist der blöd!«, fand Kolja.

»Blöd ja, aber nicht dumm!«, fasste Miriam zusammen.

»Es sei denn, er hat den Palast gar nicht programmiert, sondern sein damaliger Partner. Genau wie die geheimen Gänge.«

»Der Vermummte!«, rief Jennifer aufgeregt.

»Wie hieß der noch?« Miriam schnipste mit den Fingern, versuchte, sich an den Namen zu erinnern.

»Al-Ca!«, sagte Jennifer. »Wie Al Kaida, die Terrorgruppe!«

»Oder wie Al Capone, der Mafia-Boss in Chicago in den Zwanzigerjahren!«, ergänzte Ben.

»Den kenne ich aus Spielfilmen!«, fügte Miriam hinzu.

»Und ich aus dem Internet!«, sagte Ben. »Endlich ist mir eingefallen, woher ich den Namen kenne. Al-Ca gleich Al Capone, ein bekannter Hacker im Netz!«

»Und der . . . !«

». . . hat vieles hier im Level 4.2 programmiert oder umprogrammiert und will nun die Sache allein machen, ohne den König. Da bin ich mir sicher!«, erklärte Ben.

»Wie soll es denn jetzt weitergehen?« Thomas schaute auf die Horde Kinder, die sich im Keller des Wasserwerkes versammelt hatte. Er war bereit zu jeder waghalsigen Aktion, die sie aus dem Spiel **Die Stadt der Kinder** herausbringen würde. Aber das galt nur für ihn. Mit rund hundert Kindern konnte man keine großen Aktionen organisieren.

»Erst mal raus aus diesem blöden Keller, ey!«, fand Achmed.

Doch Thomas bremste ihn. Sie konnten nicht einfach planlos raus in die Stadt laufen. Einer nach dem anderen würde schließlich als Figur programmiert werden und müsste willenlos dem König oder den Vermummten dienen.

»Dass wir uns zusammengefunden und vor dieser Programmierung geschützt haben, dürfen wir nicht aufs Spiel setzen!«, mahnte er.

»Du bist ja ein ganz Schlauer, ey!«, raunzte Achmed ihn an. »Und wie sollen wir das machen?«

Thomas zuckte mit den Schultern. Er wusste es nicht. Er blickte in die erschöpften Gesichter der Kinder. Sie waren müde, viele hatten Angst, wie es weitergehen sollte, aber immerhin hatten sie abends alle gemeinsam gegessen und getrunken, sodass wenigstens das

Nahrungsproblem nicht akut war. Und noch eines sprach für sie: Sie hatten beim Abendessen ausgiebig über ihre Lage gesprochen, wussten, was hier gespielt wurde, und sie alle waren bereit zusammenzuhalten, sich gegenseitig zu schützen und auch größere Entbehrungen in Kauf zu nehmen, wenn nur ihre Freiheit und die Möglichkeit, zu fliehen, erhalten blieb.

»Zum Glück hat bis jetzt – auch außerhalb des Museums – noch niemanden die Programmierung getroffen!«, stellte Thomas erleichtert fest. »Ich hoffe es jedenfalls, denn auf den ersten Blick merkt man es ja nicht!«

»Ne, ey!«, stimmte Achmed zu. »Vielleicht bist du ja schon ein Königsknecht und wir wissen es nur noch nicht!«

»Für blöde Scherze ist jetzt wirklich keine Zeit, Achmed!«, entgegnete Thomas verärgert. Doch plötzlich hellte sich sein Gesicht auf. »Das ist doch die Idee!«

Ben, Frank, Jennifer, Miriam und Kolja waren nicht mehr zu halten. Nach ihrer Überzeugung gab es einen Ausgang aus dem Raubtierkäfig, also würden sie ihn auch finden. Zentimeter für Zentimeter durchsuchten sie den Käfig. Kolja rüttelte an den Gitterstäben, Ben versuchte sie zu drehen. Frank probierte es mit den Gittern über ihren Köpfen, Jennifer suchte den Boden ab und Miriam rief: »Ich hab was!«

Nachdem sie etwas Stroh beiseitegeräumt hatte, war sie auf einen eisernen Ring gestoßen, der einer Klappe im Boden als Griff diente.

Aufgeregt hockten sie sich auf den Boden.

»Wer wagt es?«

Kolja meldete sich freiwillig, die Klappe zu öffnen.

»Sei vorsichtig!«, warnte Jennifer ihn noch.

Doch Kolja ignorierte die Warnung. Ohne zu zögern, riss er an dem Ring. Die Klappe sprang auf. Aus der Öffnung stieß etwas hervor.

»Eine Schlange!«, schrie Jennifer auf.

Auch Ben und die anderen sprangen beiseite.

Kolja ließ die Klappe fallen.

Doch die Schlange war schon draußen und lag nun mitten im Käfig.

»Scheiße!«, schimpfte Frank mit Kolja. »Jennifer hat dir noch gesagt, du sollst vorsichtig sein!«

»Mann!«, verteidigte sich Kolja. »Wer kann denn damit rechnen, im Raubtierkäfig auf eine Schlange zu stoßen?«

Ben schüttelte den Kopf. »Du bist nicht nur in einem Raubtierkäfig. Du bist in einem Computerspiel. Begreif das doch endlich!«

»Was ist das überhaupt für eine Schlange?«, fragte sich Miriam.

Ben hatte keine Ahnung, Frank auch nicht. Kolja zog die Schultern hoch.

»Bestimmt supergiftig!«, war er sich aber sicher.

»Mensch!«, meckerte Jennifer. »Erst lässt du sie frei, dann machst du uns noch Angst!«

»Ich glaube eher, es ist ein Trick von Al-Ca!«, vermutete Ben.

»Er wollte die geheime Ausstiegsklappe vielleicht schützen!«

»Sag ich doch!«, fühlte Kolja sich bestätigt. »Supergiftig!«

»Oder ein Bluff«, widersprach Ben.

»Ich glaube, das ist eine Ringelnatter!«, schätzte Jennifer. »Völlig harmlos!«

Ob Giftschlange oder Ringelnatter. Die Kinder schlichen vorsichtig um sie herum und stiegen durch die Klappe ins Labyrinth, um von dort den Weg in die Stadt zu suchen.

Eisiger Angriff

Thomas' Idee erwies sich als genial. Sie war so einfach, dass Achmed sich wunderte, weshalb vorher niemand von ihnen auf die Idee gekommen war.

Penibel hatte Thomas darauf bestanden, dass sich alle Kinder, die aus dem Museum geflohen waren, also fast hundert, in Dreiergruppen einteilten. Aber so, dass es von außen niemand merkte. Jedes einzelne Kind aber wusste sehr genau, welche anderen beiden zu ihm gehörten, auf die es zu achten hatte.

So mischten sie sich als »normale Bürger«, wie Thomas es genannt hatte, unter die anderen Kinder in der Stadt.

Jedes Kind hatte zwei Aufgaben zu erledigen: zuerst auf die anderen beiden der Dreiergruppe achten, um bei dem geringsten Verdacht der Programmierung das Kind sofort durch das Codewort zurückzuholen. Und zweitens die Kinder der Stadt eines nach dem anderen aus ihrer Figurenrolle zu befreien.

Nachdem sich die annährend hundert Kinder auf dem Rathausplatz verteilt hatten, machte Thomas vor, wie er sich seinen Plan vorstellte. Er bildete eine Gruppe mit Norbert und Achmed.

Am Brunnen des Rathausplatzes saß eine Marktfrau, die Blumen verkaufte. Deutlich war zu sehen, dass sie nur eine Funktion des Spieles ausübte. Denn der Rathausplatz war durch die Überschwemmung noch völlig zerstört und mit Müll, Scherben, zerborstenem Holz, Treibgut, umgekippten Autos übersät. An diesem Ort Blumen zu verkaufen war, als ob man mitten in einer öden, verlassenen Salzwüste Tischdecken anbieten würde. Niemand interessierte sich für die Marktfrau, die höchstens elf Jahre alt war und die auch nichts anzubieten hatte als eine Handvoll abgeknickter Plastikblumen.

»Schöne Blumen!«, murmelte sie. »Schöne Blumen!«

Thomas ging auf sie zu und nannte ihr den Code.

Das Mädchen schüttelte sich, riss die Augen auf, sah sich um und begann zu weinen, weil es seine Mutter vermisste.

Schnell zeigte Thomas auf Norbert: »Geh zu ihm. Er hilft dir weiter!«

Das Mädchen warf die Plastikblumen beiseite und ging vorsichtig auf Norbert zu: »Du weißt, wo meine Mutter ist?«

Norbert schnappte nach Luft. Das wusste er natürlich nicht. Wie kam Thomas darauf, das Mädchen zu ihm zu schicken? Doch Thomas hörte nicht auf Norberts Beschwerden. Er war damit beschäftigt, die Plastikblumen aufzusammeln und in die Tasche zu stecken. Man wusste nie, wozu man sie noch mal brauchen konnte.

Achmed hielt sich den Bauch vor Lachen. Das war typisch Thomas. Aber der Plan funktionierte, wenngleich es auch erheblich langwieriger sein würde, jedes einzelne Kind aus seiner Rolle zu befreien, als Thomas sich das wohl vorgestellt hatte.

Immerhin hatten sie neunzig Kinder in dreißig Gruppen eingeteilt. Die übrig geblieben Kinder waren einzig dazu abgestellt, den aus ihren Rollen befreiten Kindern zu erklären, wo sie sich befanden, warum die Erwachsenen nicht da waren und was als Nächstes zu tun war.

So spazierten sie über den Rathausplatz: ein Kind ansprechen, befreien, durchreichen zur Erläuterung, eine neue Gruppe bilden. Und bei allem peinlich genau darauf achten, dass niemand von ihnen unbemerkt neu programmiert wurde.

Wie Achmed.

Auf einmal benahm er sich ganz merkwürdig.

»Himbeereis!«, rief er. »Leckeres Himbeereis!«

Norbert fasste sich an den Kopf.

»Achmed! Es hat ihn erwischt!«

»Ich weiß!«, antwortete Thomas ruhig, der Achmeds merkwürdiges Verhalten noch nicht mitbekommen hatte, weil er gerade die letzte Plastikblume abstaubte. »Das ist bei ihm aber der Normalzustand!«

»Quatsch!«, rief ihm Norbert zu.

»Ein leckeres Himbeereis gefällig, ey?«, fragte Achmed einen kleinen Jungen.

»Was soll das?«, schimpfte er. »Ich bin hier der Eisverkäufer. Das ist mein Revier. Ich habe eine Lizenz!«

Der Knirps war nicht einmal zehn Jahre alt.

Norbert lauschte dem Dialog mit offenem Mund.

Dann hörte er das gleiche Angebot auch hinter sich. »Leckeres Himbeereis! Frisches leckeres Himbeereis!« Norbert begriff. Der kleine Junge, mit dem Achmed sich stritt, war nicht irgendein Junge. Er gehörte zu ihrer Gruppe. Ebenso wie das Mädchen, das nun hinter ihm Himbeereis anbot.

»Himbeereis?«, fragte Thomas. »Super. Ich nehme eines!«

»Mann!«, brüllte Norbert ihn an. »Checkst du das nicht? Die haben doch gar kein Eis!«

Thomas nickte. Gerade wollte er fragen, wo das Eis denn geblieben war, als auch er verstand. Denn inzwischen war er von zwanzig oder mehr Himbeereis-Verkäufern umgeben.

»Das ist ein Angriff!«, schrie Norbert. »Verflucht! Wieso versagen die Gruppen? Achmed!«

Achmed hatte den kleinen Eisverkäufer schon am Kragen.

»Ich drück dir dein Himbeereis in die Ohren, ey!«

»Achmed!«, fauchte Norbert ihn an und rief ihm den Code zu.

Achmed schüttelte sich, sah den Zwerg in seinen Klauen und fragte: »Wer bist du und was willst du?«

»Hier verkaufe ich Himbeereis!«, beharrte der Junge.

»Biste bekloppt, ey?«, fragte Achmed. »Du hast

doch gar kein Eis!« Er befreite den Jungen aus seiner Rolle.

Auch Norbert und Thomas taten ihr Bestes, die Anzahl der Eisverkäufer auf dem Rathausplatz schnellstmöglich zu reduzieren, aber immer wieder entstanden neue.

»Verflucht! Weg hier!«, schrie Norbert. »Schnell!«

»Wohin, ey? Ins Museum können wir nicht mehr!«

»Die Schule ist zu weit!«, gab Thomas zu bedenken. »Und an allen anderen Orten sind wir schutzlos!«

»Himbeereis! Feines Himbeereis!«, rief Norbert plötzlich.

Ausgang

»O Mann! Seht euch das an!« Miriam wagte sich keinen Schritt weiter vor. Hunderte Quader schwebten durch den Raum wie fliegende Fahrstühle. Und manchmal bewegten sie sich sogar nicht nur auf und ab, sondern auch waagerecht. »Da kommen wir doch nie durch!«

»Das sehe ich auch so!«, sagte sich Kolja. »Damals habe ich es auch nicht geschafft. Zum Glück war das Spiel irgendwann zu Ende und ich saß plötzlich wieder zu Hause!«

»Wir müssen nicht durchs Labyrinth!«, sagte Frank. Er zeigte auf eine Tür, die nicht weit entfernt war von ihrem Standort. Um sie zu erreichen, brauchten sie nur am Rand des Labyrinths von einem Quader auf den nächsten zu springen, sobald diese die jeweils richtige Höhe erreicht hatten. Die Tür führte zurück zu dem Gang, der in der Pyramide endete, von der sie wieder in den Zoo hinausgelangen konnten, versprach Frank.

»Damit erreichen wir zwar nicht den Laden in der Stadt, aber wir kommen hinaus und können wieder mit dem Auto fahren!«

Miriam staunte ihn an. »Kluges Köpfchen!«, gab sie anerkennend zu. »Hätte ich dir gar nicht zugetraut.«

Jennifer zweifelte noch immer. »Woher willst du denn wissen, dass diese Tür in den Gang führt?«

»Wir haben doch vorhin ins Labyrinth geschaut. Ich habe mir den Eingang gemerkt!«, versicherte Frank, konnte Jennifers Skepsis aber dennoch nicht ausräumen.

Es gehörte schließlich zu den wesentlichen Eigenschaften eines Labyrinths, dass die verschiedenen Wege gleich aussahen, um den Benutzer auf falsche Fährten zu führen. Vielleicht gab es Dutzende solcher Türen an den Seiten des Labyrinths?

»Schon möglich!«, grinste Frank sie an. »Aber nur eine, in die ich ein Kreuz geschnitzt habe.«

»Ein Kreuz? Aber wann hast du denn ...?«, fragte sich Jennifer, als es Miriam einfiel. Das war es, was Frank noch an der Tür gemacht hatte, als sie schon weitergegangen waren. *Nichts Bedeutendes, aber vielleicht nützt es,* hatte er noch geheimnisvoll gesagt. Miriam umarmte ihn und schmatzte ihm einen Kuss auf den Mund.

»Obergenial!«, hauchte sie. »Woher wusstest du, dass wir das Labyrinth noch brauchen würden?«

Frank wich zurück, wischte sich den Kuss von den Lippen. Er wusste es nicht, gab er zu. Aber durch seine Erfahrung, die er als Kandidat eines realen Internetspiels gemacht hatte*, war er darin geübt, vorbeu-

* Lies nach in: Reality Game

gende Maßnahmen für unvorhergesehene Ereignisse zu treffen.

Jennifer kniff die Augen zusammen.

»Ich kann bloß kein Kreuz erkennen!«, sagte sie. »Ihr etwa?«

Die anderen verneinten und sogleich verteidigte sich Frank, dass er schließlich kein riesenhaftes, leuchtend rotes Signal in die Tür hatte schnitzen können. Er bot sich an vorzugehen, um nachzuschauen, ob es die richtige Tür war, bevor die anderen nachkamen.

Schon der erste Sprung wäre ihm beinahe zum Verhängnis geworden. Denn Frank war auf einen harten Aufprall gefasst gewesen. Stattdessen gab der Quader leicht nach und federte wie ein Holz im Wasser. Frank schwankte, verlor das Gleichgewicht, kippte seitlich um.

Jennifer schlug sich die Hände vor die Augen, Miriam schrie auf, Ben hielt die Luft an.

Frank stürzte in den Abgrund!

Mit einer Reflexbewegung hielt er sich seitlich am Quader und blieb kleben! Er lag auf der seitlichen Fläche des Quaders. Das war unmöglich! Nur Insekten oder Eidechsen brachten so etwas zustande, aber keine Menschen.

»Wow!«, rief Ben auf. »Die Schwerkraft wirkt offenbar auf allen Seiten des Quaders!«

»Bist du sicher?«, fragte Frank nach, während sein Quader nach oben fuhr. Er wollte aber hinunter zur

Tür. Doch weiter und weiter entfernte er sich von seinem Ziel und seinen Freunden.

»Ja, das war damals auch so!«, erinnerte sich Kolja und empfing sofort einen bösen Blick von Frank, weil er nicht in diese Lage gekommen wäre, wenn Kolja sich eher erinnert hätte.

Jennifer erkannte am schnellsten das Problem.

»Spring!«, rief sie ihm zu. »Bevor es zu spät ist!«

Nun begriff auch Frank seine Lage. Wenn er auf dem Quader unter sich landen wollte, musste er von der Unterseite seines Blocks abspringen. Weiter und weiter fuhr Frank hinauf. Niemand wusste, wie weit es noch gehen würde. Eine Decke des Raumes war nicht zu sehen.

Frank entschied sich, es zu versuchen. Auf allen vieren kroch er an der Seite des Quaders hinunter, um die Ecke bis auf die Unterseite.

Und tatsächlich behielten Ben und Kolja recht. Die Schwerkraft wirkte auch hier. Kopfüber klebte Frank an der Unterseite des Quaders.

Er überlegte, was er nun zu tun hatte. Es war nicht so leicht, seine Gedanken richtig zu sortieren. Er musste hochspringen, um auf den Quader unter sich zu gelangen. Das war paradox. Das Gehirn versuchte immer wieder, auf seine alten Erfahrungen zurückzugreifen. Man konnte nicht hochspringen, um etwas unter sich zu erreichen. Aber genau das verlangte das Labyrinth.

»Spring!«, schrie Jennifer.

Frank war schon beinahe nicht mehr zu sehen. Verloren sie ihn erst einmal aus den Augen, war die Gefahr zu groß, dass Frank sich für immer im Labyrinth verirren würde.

»Hochspringen!«, befahl Frank sich selbst und fragte sich im nächsten Moment, ob er sich während des Sprungs drehen musste, um nicht auf dem Kopf zu landen. Aus seiner Position war es, als würde er gegen eine Zimmerdecke springen, um an ihr kleben zu bleiben. Frank entschloss sich, während des Sprungs eine halbe Drehung zu machen, um auf dem Bauch zu landen.

Er sprang und genauso landete er. Er hatte es geschafft, aber das Problem war nicht gelöst, denn auch der nächste Quader fuhr hinauf.

»Zur Seite!«, rief ihm Jennifer zu.

Die Quader der senkrechten Reihe neben ihm fuhren hinab.

Frank sprang zur Seite. Einen Augenblick lang ging es gut.

Der Quader fuhr abwärts, blieb aber plötzlich stehen und schwebte zur Seite, dem Zentrum des Labyrinths entgegen.

Frank sah sich um. Er musste zurück. Schnell. Dort! Der nächste Quader fuhr zurück.

So hopste Frank durchs Labyrinth von Quader zu Quader, um sich in die gewünschte Richtung zu bewegen.

»So müssen wir es auch machen!«, entschied Jennifer und sprang auf den nächsten Quader, der an ihr vorbeifuhr.

Ben zögerte. Nicht weil er Jennifers Vorschlag für falsch hielt. Er traute sich einfach nicht abzuspringen. Zwischen der Kante, auf der sie standen, und den vorbeischwebenden Quadern klaffte eine mindestens fünfzig Zentimeter große Lücke. Und weil die Quader nie stillstanden, befürchtete Ben, er könnte wegrutschen und in die Tiefe fallen.

»Was ist?«, fragte Kolja hinter ihm.

»Gleich!«, antwortete Ben und wollte noch zu einer längeren Erklärung ansetzen.

Kolja stieß ihn aber einfach gegen den Rücken.

Ben stolperte nach vorn. Reflexartig streckte er einen Fuß aus, bekam Halt auf dem Quader und zog schnell den anderen Fuß nach. »Bist du bescheuert?«, schrie er Kolja an.

»Geht doch!«, befand Kolja grinsend und sprang Ben hinterher auf denselben Quader.

In dem Labyrinth kamen sie besser zurecht, als sie befürchtet hatten. Solange sie die Tür, die sie erreichen wollten, im Blick behielten und keinen anderen Ausgang suchen mussten.

Eis-Zeit

Ben, Frank, Miriam, Jennifer und Kolja verloren keine Zeit. Sie sprangen über die Quader bis zur Tür und rannten, ohne sich weiter umzusehen, den Weg zurück, den sie gekommen waren, bis sie endlich abgehetzt, aber erleichtert durch die Pyramide wieder im Zoo herauskamen.

Draußen war es längst wieder hell geworden. Ein neuer Tag war angebrochen, von dem die Kinder nicht wussten, was er bringen würde.

Die Stadt wurde von einem skrupellosen König regiert. Der Gegenspieler des Königs bildete Kriminelle für sich und seine Zwecke aus. Dieser Gegenspieler war niemand anderes als Al-Ca, der Anführer der Vermummten, auch bekannt als berüchtigter Hacker unter dem Decknamen Al Capone!

Und ebendieser hatte Kolja losgeschickt, um den König endgültig in dessen eigenem Palast zu überwältigen.

Diesen Auftrag hatten Ben und seine Freunde verhindern können. Sowohl der König als auch Al-Ca agierten ungehindert, bekämpften sich gegenseitig und missbrauchten Kinder für ihre Zwecke.

Al-Ca aber besaß Vorteile und hatte bereits große Teile der Stadt erobert. Der König hatte vom Rathausplatz fliehen müssen und sich in seinen Palast zurückgezogen. Kolja, der zuerst die Fahne der Vermummten auf dem Rathaus gehisst hatte, hätte den König aus seinem Palast holen sollen.

Als Ben und die anderen sich diese ganze Geschichte noch einmal in Erinnerung riefen, fiel es Ben plötzlich wie Schuppen von den Augen.

»Wir haben gedacht, Kolja wollte im Rathaus den König entthronen!«, rief er aus. »Aber das war gar nicht der Grund für die Eroberung des Rathauses! Al-Ca ist bei dieser Aktion nur aus dem Untergrund hervorgetreten und hat sein eigenes Machtzentrum aufgebaut. Das Rathaus wurde gewissermaßen zum Palast der Vermummten. Vom Untergrund im Wasserwerk zur offiziellen Machtübernahme im Rathaus, die dem Palast den Kampf angesagt hat.«

»Aha!«, sagte Kolja, was aus seinem Munde besonders kurios klang. Schließlich war er selbst maßgeblich an der Machtübernahme beteiligt gewesen. Nur wusste er davon nichts mehr, weil er es nicht als freier Mensch, sondern als programmierte Figur getan hatte.

»Und was heißt das?«, fragte Frank.

»Dass es zwei Machtzentren gibt«, referierte Ben. »Den Palast und das Rathaus!« Er hob den Finger, um höchste Aufmerksamkeit einzufordern. »Aber jetzt kommt's: Wenn Al-Ca den Palast nicht erobern, sondern nur den König fangen wollte, dann bedeutet dies . . .«

»... dass das Rathaus als Machtzentrum ausreicht, um die Stadt zu beherrschen!«, schlussfolgerte Miriam.

Ben nickte. »Und folgerichtig, dass man von dort aus auch das gesamte Spiel beenden kann!«

»Und zurück in die reale Welt kommt?«

Ben nickte. So war es damals im Level 4 gewesen. So schien es auch jetzt zu sein.

»Dann müssen wir ja doch ins Rathaus!« Jennifer schlug sich vor die Stirn.

»So ist es!«, sagte Ben.

Sie mussten so schnell wie möglich ins Auto steigen und in die Innenstadt fahren. Allerdings, so wandte Jennifer ein, sollten sie nicht wieder so ungestüm und Hals über Kopf ins Rathaus stürmen, wie sie in den Palast gelaufen waren, sondern lieber genau überlegen, was sie im Rathaus suchten und was sie dort genau vorhatten.

Und dazu mussten sie zunächst einmal wissen, wie Thomas und Achmed den Angriff der Regierungstruppen überstanden hatten.

Leider hatte man ihnen in der Gefangenschaft die Handys abgenommen. Also mussten sie in die Stadt fahren.

Der Weg zum Museum führte sie über den Rathausplatz. Dort angekommen wurden sie sofort von einem verzweifelten Thomas begrüßt. In für ihn ungewöhnlich kurzer Zeit hatte er erzählt, was seit dem Angriff aufs Museum passiert war.

»Eisverkäufer?«, fragte Jennifer mit gerümpfter Nase.

Thomas drehte sich um und breitete die Arme aus, als wollte er den Rathausplatz wie eine große Torte präsentieren.

»Schau es dir an!«

Jennifer war fassungslos. Hunderte Kinder boten auf dem Rathausplatz lautstark Himbeereis an, obwohl sie mit leeren Händen dastanden. Andere Kinder, die von dieser unsinnigen Programmierung gerade nicht betroffen waren, rannten von Eisverkäufer zu Eisverkäufer, um die Kinder aus ihrer Programmierung zurückzuholen. Kaum war ihnen dies gelungen, wurden sie selbst zu Eisverkäufern und mussten wieder von anderen gerettet werden.

So waren die Kindermassen unentwegt mit sich selbst beschäftigt und konnten sich um keine anderen Aufgaben kümmern. Auf dem Rathausplatz herrschte ein einziges unsinniges Chaos.

»Ich bin selbst schon zehnmal Eisverkäufer gewesen!«, erzählte Thomas.

»Und Norbert? Und Achmed?«, fragte Kolja.

»Die auch!«, bestätigte Thomas. »Nur im Moment sind wir drei klar im Kopf!«

Als wollte er Thomas Lügen strafen, kam in dem Moment Achmed vorbeigelaufen: »Himbeereis, ey!«, rief er. »Hier voll das krasseste Himbeereis der Stadt. Voll fette Portion mit megakrassem Niedrigpreis, ey.«

Norbert eilte ihm hinterher, packte ihn am Kragen und holte ihn per Codewort aus seiner Rolle.

»O Mann!«, stöhnte Frank. »Wir sollten hier abhauen, denke ich!«

»Leichter gesagt als getan!«, entgegnete Thomas.

»Wieso?«, fragte Frank nach und erhielt eine verblüffende Antwort von Thomas: »Ich muss doch hier mein Himbeereis verkaufen!«

Mit diesen Worten wandte sich Thomas von seinen Freunden ab und schrie über den Platz: »Himbeereis! Das beste, das Sie in der Stadt finden werden!«

»O Schreck!«, stieß Jennifer hervor, rannte ihm hinterher und befreite ihn aus seiner Rolle.

»Wir sind nirgends sicher!«, antwortete Thomas weiter auf Franks Frage, als wäre nichts geschehen. »Höchstens in der Schule – vielleicht!«

Doch damit nicht genug. Hin und wieder verschwanden beinahe unmerklich einige Kinder aus der Menge, um als Spielfiguren den Vermummten zu dienen.

»Sie rekrutieren ihre Kinder jetzt aus dem Chaos heraus!«, sinnierte Ben, was längst jeder begriffen hatte, setzte aber noch einen drauf: »Wenn sie alle Unabhängigen programmiert haben, ist es aus. Dann gibt es kein Zurück mehr aus dieser Stadt!«

»Wie viele Kugeln Himbeereis möchtest du?«, fragte Miriam.

»Mann!«, schrie Ben sie an. »Hör auf damit! Hilf uns!«

»Ja!«, sagte Miriam. »War doch bloß ein Scherz!«

»Das ist jetzt wirklich nicht die Zeit für blöde Scherze!«, schimpfte Ben.

»Aber vielleicht für eine Täuschung!«, entgegnete Miriam.

Ben sah sie an. Er verstand nicht.

»Ich weiß ja nicht, wie diese Programmierung funktioniert und kontrolliert wird!«, führte Miriam ihre Idee aus. »Aber vielleicht lässt das Programm sich täuschen?«

Ben begriff nicht, worauf Miriam hinauswollte.

Miriam versuchte, es ganz einfach zu erklären: »Wie verhindert man, dass man sein Zimmer aufräumen muss?«

»Hä?«, machte Kolja. »Was hat das damit zu tun?«

Miriam gab die Antwort selbst: »Indem man den Schein erweckt, man hätte es schon aufgeräumt!«

Frank kratzte sich am Kopf. Hatte sich die Himbeereisverkäufer-Programmierung nun in einen anderen Unsinn gewandelt?

»Und so ist es vielleicht auch hier!«, referierte Miriam unbeirrt weiter. »Wie verhindert man programmiert zu werden?«

Erwartungsvoll schaute sie in die Runde.

Jennifer gab die Antwort: »Indem man den Schein erweckt, man wäre bereits programmiert!«

»Bingo!«, rief Miriam.

Ben stutzte.

Er dachte nach, stellte sich das Szenario vor, das Miriam im Schilde führte, und plötzlich rief er: »Das könnte klappen!«

»Fangen wir also an!«, schlug Miriam vor und begann sofort, laut Himbeereis anzubieten.

Sofort raste Achmed auf sie zu, um sie zu befreien. Bevor er etwas sagen konnte, flüsterte Miriam ihm zu: »Hallo, Flachschädel! Hast du das mitbekommen? Es ist Teil unseres Plans!«

»Ach so, ey!«, sagte Achmed. »Das muss einem ja gesagt werden. Wie soll man denn jetzt Echte von Unechten unterscheiden, ey? Ich check das voll nicht, ey!«

»Verkauf einfach Eis!«, wies Kolja ihn an.

»Ich, ey?«, entgegnete Achmed. »Wieso soll ich denn Eis verkaufen, ey? Bist du bekloppt, ey?«

Kolja sah ihn nur streng an.

Achmed kapierte. »Ach ja, ey. Stimmt. Also, willst du ein Himbeereis, ey?«

»Bist du blöd?«, blaffte Kolja ihn an. »Du hast doch gar kein Eis!«

»Aber, ey!«, machte Achmed und Kolja brach in lautes Gelächter aus.

Jetzt erst merkte Achmed, wie sehr Kolja ihn auf die Schippe genommen hatte.

»Ey, Scheiße, ey!«

Mit einem Schlag existierten per Abmachung hundert kindliche Himbeereisverkäufer auf dem Rathausmarkt, obwohl nicht ein einziger Eis bei sich hatte. Und jede Minute kamen welche hinzu, weil auch die Kinder, die von ihrer Rolle befreit wurden, sofort aufgeklärt wurden, zum Schein ihre Rolle weiterzuspielen. So gab es in kürzester Zeit auf dem Platz nichts mehr als Eisverkäufer.

Durch Thomas' gute Idee, die Massen der Kinder in Dreiergruppen aufzuteilen, war es möglich, den Überblick zu behalten, wer wirklich von der Programmierung befallen war und wer nur so tat. Es dauerte kaum zehn Minuten, als Thomas sich sicher war: »Wir sind alle frei!«

Miriam zwinkerte ihm zu. »Auf jeden Fall müssen alle ihre Rollen zum Schein behalten!«

Sie wandte sich an Ben: »Frei wären wir; zumindest für den Augenblick. Aber wie geht's jetzt weiter?«

Fasziniert beobachtete Ben noch immer das Getümmel auf dem Platz. Ein ohrenbetäubender Lärm von Himbeereisverkäufern machte jede normale Unterhaltung fast unmöglich. Es war ein bisschen wie in einem Stadion. Nur dass die Massen nicht eine Mannschaft anfeuerten, sondern Himbeereis anboten.

»Das ist doch Irrsinn, ey!«, fand Achmed. »Wohin soll der Schwachsinn denn führen?«

Ben sah ihn an.

»Keine dumme Frage, Achmed!«

»Hä?«, machte Achmed.

Ben fragte Thomas: »Wie viele sind wir jetzt?«

Thomas hatte die Zahl natürlich parat: »Zweihundertachtundsechzig!«

»Zweihundertachtundsechzig Eisverkäufer, ey?«, erregte sich Achmed. »Seid ihr krass, ey? Da wird man doch irre. Sieh dir das Geschrei an!«

»HIMBEEREIS!«, brüllte ein kleiner Zwerg in dem Moment Achmed an.

Achmed schnappte sich den kleinen Jungen. »SCHNAUZE, EY! DU BEKLOPPTER! DU HAST DOCH GAR KEIN EIS!«

»Ich weiß!«, antwortete der Junge gelassen. »Das ist doch nur Miriams Plan!«

Achmed ließ von ihm ab.

Miriam lachte: »Der begreift es besser als du, Achmed!«

Achmed wollte gerade etwas erwidern, öffnete schon den Mund, doch Ben stoppte ihn.

»Es geht nicht darum, ob *wir* dabei irre werden, Achmed!«, erklärte er ruhig. »Sondern wie *das Programm* es aufnimmt!«

Level 4.2

Ein Computerprogramm besitzt keine Seele. Und doch kann man es verrückt machen. Es ist nicht anderes als eine von Menschen eingegebene Aneinanderreihung unzähliger Befehle, die bestimmte Abläufe hervorrufen oder unterbinden. Unvermeidlich, vorherbestimmt, bar jeder Kreativität. Erfolgt der erwartete Impuls, wird die vorbestimmte Reaktion ausgelöst. Erfolgt der Impuls mehrmals, erscheint in entsprechender Anzahl die Reaktion. Immer wieder. Bis zum eigenen Untergang. Denn jeder Computer, jedes Programm schafft seine vorherbestimmten Aufgaben nur bis zu einem gewissen Ausmaß. Oft schon wurden ganze Rechnersysteme riesiger Großkonzerne schlicht dadurch lahmgelegt, dass zu viele – etwa einige Millionen – gleichartiger Anfragen zu gleicher Zeit auf den Rechner einprasselten.

Ein ähnliches Ergebnis ist mitunter zu erreichen, wenn falsche Impulse eingegeben werden. Impulse, für die der Computer nicht ausgelegt ist, auf die er nicht vorbereitet ist, für die er nicht programmiert ist. Etwa wenn ein Computer die Eingabe von Zahlen erwartet, aber ständig Sonderzeichen erhält. Oder wenn man einen Computer in sinnlosen Warteschleifen festhält.

Die seelenlose Maschine kann also durchaus in seelenverwandte Zustände versetzt werden: Sie stürzt ab, hängt sich auf, bricht zusammen.

Ben und seine Freunde waren dabei, das Programm **Die Stadt der Kinder** im Level 4.2 in genau jenen Zustand zu versetzen.

Das jedenfalls erklärte Ben seinen Freunden, die seinen Ausführungen allerdings nur zum Teil folgen konnten.

Ben erinnerte daran, dass das Spiel funktionierte wie die Stadt. Aufgabe der Kinder im alten Level 4 war es, sich selbst zu organisieren und die Stadt am Leben zu erhalten. Mittlerweile war das Spiel durch das Level 4.2 ergänzt worden, in dem man Kinder zu Figuren programmieren und ihnen Eigenschaften zuweisen konnte. So sollte es möglich sein, dass Kinder in dem Spiel auch Aufgaben übernehmen und Fähigkeiten erlernen konnten, die im alten Level 4 unmöglich gewesen waren. Genau diese neue Möglichkeit wurde vom König und von Al-Ca missbraucht. Dennoch blieb die Struktur des Spieles erhalten. Und so funktionierte auch das Level 4.2 wie die Stadt.

»Was soll das heißen?«, fragte Frank. »Darunter kann ich mir nichts vorstellen!«

»Jede Stadt, jede Gesellschaft . . .«, erklärte Ben, ». . . beruht auf Aufgabenteilung!«

Das war schnell einzusehen. Es gab eben Bäcker und Metzger, Lastwagenfahrer und Ärzte, Lehrer und Kulturschaffende, Maurer, Klempner und Fischer. Jeder machte einen Teil der Aufgaben, die eine Gesellschaft zum Überleben brauchte.

»Und Makler, Anwälte und Unternehmensberater?«, wandte Miriam ein.

Ben grinste.

»Okay, in jede Gesellschaft mogeln sich offenbar auch immer Leute, die eigentlich niemand braucht!«

»Politiker!«, fand Jennifer.

»Jedenfalls!«, kam Ben zum Thema zurück. »Bäcker zum Beispiel sind sehr wichtig. Man braucht schließlich Brot zum Essen. Aber man stelle sich vor, alle in einer Gesellschaft wären Bäcker. Dann gäbe es kein Fleisch zum Essen, keine Milch zum Trinken, keine Ärzte, keine Kleidung – nichts. Nur Brot und Brötchen. Und irgendwann nicht mal mehr das, weil es bald kein Getreide mehr gäbe. Die Gesellschaft würde zugrunde gehen, weil alle das Gleiche täten!«

»Aha!«, machte Frank. Das Beispiel leuchtete ein. Aber was hatte das mit ihrer Situation zu tun, hier im Level 4.2 in der Stadt der Kinder?

»Das Spiel bricht zusammen, wenn wir alle das Gleiche tun!«, glaubte Ben.

Jennifer, Miriam, Kolja, Thomas und Frank sahen sich an. Was würde passieren, was aus ihnen werden, wenn das Spiel, in dem sie sich befanden, zusammenbrechen würde?

Achmed dachte praktischer: »Alle das Gleiche tun? Was denn, ey?«

»Zum Beispiel Himbeereis verkaufen!«, antwortete Ben. »Es ist eigentlich egal, was wir tun: eine Demonstration organisieren, herumsitzen, streiken, Wände bemalen oder Eis verkaufen. Vollkommen schnurz. Wichtig ist, dass wir alle das Gleiche tun. Und zwar ausschließlich! Das Spiel bricht zusammen und damit die Macht, die Al-Ca und der König über das Spiel, also über unsere Stadt, erlangt haben!«

»Wir sollen alle Himbeereis verkaufen?« Achmed tippte sich an die Stirn. »Ist der Plan nicht irgendwie ein wenig bekloppt? Dann lieber streiken, ey.«

Ben zog die Schultern hoch. »Vielleicht. Aber ich glaube, wir können die Kinder der Stadt schneller davon überzeugen, Eisverkäufer zu spielen als Streikposten!«

»Was ist ein Streikposten?«, fragte sogleich ein kleiner Junge dazwischen.

Ben zeigte auf ihn, sah dabei aber Achmed an. »Das meinte ich!«

»Wir wissen nicht, ob's funktioniert. Wir wissen auch nicht, welche Konsequenzen es hat, wenn's funktioniert. Aber es scheint uns offenbar vor weiteren Attacken zu schützen, wenn wir so tun, als ob wir bereits programmiert wären. Also sollten wir auf diese Art weitermachen«, schlug Jennifer vor. »Oder weiß jemand etwas Besseres?«

Die anderen schüttelten die Köpfe.

»Was ist denn nun?«, fragte ein kleines, rothaariges

Mädchen. »Dieses blöde Himbeereisverkaufen hängt mir allmählich zum Hals heraus!«

»Besser als Streikposten!«, entgegnete ihr der kleine Junge.

»Was ist das denn?«, wollte das Mädchen wissen.

»Egal!«, antwortete ihr Miriam und lächelte das Mädchen an. »Mit dem Eisverkaufen geht es jetzt erst richtig los!«

Das Mädchen schaute Miriam entgeistert nach, als diese auf Franks Schulter sprang und lauthals Himbeereis anbot und alle aufforderte, ebenfalls eifrig Himbeereis zu verkaufen.

Achmed tippte sich an die Stirn. »Das ist doch Idiotie, ey!«

»Na, dann passt es doch zu dir!«, frotzelte Kolja und begann ebenfalls, weiter Himbeereis anzubieten.

»Können wir auch was anderes verkaufen?«, wollte Thomas wissen. »Immer nur Himbeereis ist doch öde!«

»Was willst du denn verkaufen?«, fragte Ben.

»Johannisbeere!«, sagte Thomas postwendend.

Ben schüttelte verwundert den Kopf. Auf welche Ideen Thomas immer kam!

Thomas aber zog zufrieden davon und bot als Einziger Johannisbeereis an.

Schnell sprach sich in der Stadt herum, was auf dem Rathausplatz los war. Mehr und mehr Kinder strömten daraufhin zu dem zentralen Platz. Die einen, weil sie nicht glauben wollte, was dort passierte, und es mit eigenen Augen sehen wollten; andere, weil sie tatsächlich Lust auf Eis hatten; die dritten einfach, weil sie nicht wussten, was sie sonst tun sollten, und die vierten, weil sie mitbekamen, wie sich auch die Vermummten mehr und mehr um den Platz versammelten. Es lag etwas in der Luft, und wer ein Gespür für Situationen besaß, wusste, dass die brodelnde Masse sich in Kürze entladen würde. Was immer auch passieren würde, es gab eine Menge Schaulustiger, die sich das nicht entgehen lassen wollten.

Aus welchem Motiv auch immer die Kinder sich auf dem Platz versammelten, sie kamen in Strömen. Wie ein Lauffeuer ging die Nachricht durch die Stadt, dass auf dem Rathausplatz irgendetwas los wäre.

Natürlich boten Ben und seine Freunde den Neuankömmlingen nicht nur eine absurde Show, sondern sie vergaßen ihren Plan nicht für eine Sekunde. An jeder Straße, die zum Rathausplatz führte, hatte Thomas mindestens zwei Dreiergruppen postiert, die jeden, der neu ankam, anhielten und sie aufforderten, sich einzureihen und mitzumachen. Das war natürlich gar nicht so leicht, wie es sich anhörte.

Aber allmählich bekamen die Dreiergruppen Übung darin und so leisteten sie ihre Überzeugungsarbeit immer schneller.

Dreihundert Eisverkäufer brüllten nun schon über den Platz. Dann dreihundertfünfzig. Bald darauf vierhundert.

Ben sah, wie Kinder, die bisher andere Funktionen ausgeübt hatten, aus ihren Rollen befreit wurden und sofort spielerisch ihre Rolle als Eisverkäufer übernahmen, um dem Computerprogramm im Level 4.2 vorzugaukeln, sie wären programmiert.

Die Wachen und Schutzleute der Vermummten begannen sich zu formieren.

»Sie sind unsicher!«, erkannte Kolja. »Sie wissen nicht, was sie tun sollen!«

Miriam grinste. »Die Idee mit den Eisverkäufern war doch gut. Bei einer echten Demo oder Streikenden wären sie sicher schon eingeschritten. Aber wer geht gegen spinnerte Kinder vor, die auf Eisverkäufer programmiert sind?«

»Diejenigen Wachleute, die das freiwillig tun, fragen sich bestimmt, ob Al-Ca mit seiner Programmierung nicht mehr alle Tassen im Schrank hat!«, lachte Frank.

»Aber dein Plan geht nicht auf, Ben«, mahnte Jennifer. »Das Spiel bricht nicht zusammen!«

Sie sah sich noch einmal um, wandte sich wieder an Ben: »Oder?«

Auch Ben sah keine Anzeichen dafür.

Obwohl ...

... wenn er sich so umschaute ...

»Sieh mal!«, sagte er zu Jennifer. »Die Ampel!«

Die Ampel an der größten Einfallstraße zum Rathausplatz zeigte keine einzelne Signalfarbe an, sondern blinkte wie ein Discolicht in allen drei Farben gleichzeitig.

Von den Vermummten rissen sich einzelne ihre Kapuzen vom Kopf, schauten sich verwirrt um und wussten ganz offensichtlich weder, wo sie sich befanden, noch, was sich hier vor ihren Augen abspielte.

»Die Vermummten, die nicht freiwillig mitmachen, sondern programmiert wurden, geben ihre Rollen auf!«, rief Jennifer. »Sieh nur!«

»Schnell!«, rief Ben Kolja und Achmed zu. »Da müssen welche hin und ihnen erklären, was hier los ist!«

Endlich gab es mal etwas Vernünftiges zu tun, fand Achmed und er machte sich sofort auf den Weg, die Betreuung der freien Vermummten zu organisieren.

»Die Vögel stürzen ab. Die Vögel stürzen ab!«

Es war Norbert, der aufgeregt angelaufen kam. So etwas hatte er noch nie gesehen und es machte ihm Angst.

Am strahlend blauen Himmel flogen einige Vögel und im nächsten Moment waren sie verschwunden.

»Die stürzen nicht ab, die verschwinden!«, stellte Ben fest. Er zeigte zum Himmel, wo eine noch kuriosere Erscheinung zu beobachten war. Ein Vogelschwarm flog über den Rathausplatz hinweg und blieb plötzlich stehen, als hätte jemand die Tiere mit einem Stift auf das Blau des Himmels gemalt. Sie stürzten nicht ab, bewegten sich nicht fort, sondern hingen einfach in der Luft, starr und bewegungslos.

Das Gleiche tat die Fahne, die Kolja auf dem Rathaus gehisst hatte. Sie flatterte nicht mehr.

»Das Programm beginnt sich aufzuhängen!«, glaubte Ben. »Das ist ja irre!«

Auch einzelne Kinder auf dem Platz erstarrten mit einem Mal in der Bewegung, als wäre das Märchen Dornröschen Wirklichkeit geworden.

Ben erschrak. Wenn die Kinder erstarrten, statt nur ihre Rolle zu verlieren, waren es wie die Vögel nur virtuelle Figuren! Niemals hätte Ben gedacht, dass Al-Ca oder der König so weit gegangen waren, dass sie sogar die ersten Kinder nicht nur manipuliert, sondern sogar komplett selbst entworfen hatten.

Die Stadt kam zum Erliegen. Es machte sich nur an Kleinigkeiten bemerkbar wie an der Ampel, den Vögeln, den Läden, die nicht mehr bedient wurden, und dennoch überzog sich die Stadt mit einem eigenartigen Flair.

Auch Jennifer entging dieses seltsame Gefühl nicht.

»Was geschieht, wenn das Spiel zusammenbricht, die Stadt erlahmt, und wir sind noch immer hier, Ben?«

»Ich weiß es nicht!«, antwortete Ben wahrheitsgemäß. »Wir sollten in die Computerzentrale gehen. Dort können wir es erfahren!«

Er gab neben Jennifer auch den anderen Zeichen, sich zusammenzufinden. Schnell einigten sie sich darauf, dass Ben, Jennifer, Frank und Miriam die Zentrale suchen sollten, während Norbert und Thomas hier weiter versuchten, den Überblick zu behalten. Kolja und Achmed sollten helfen, den Weg zur Zentrale freizumachen.

Kolja hatte schon beobachtet, dass von den Wachen am Eingang des Rathauses einige Kinder erstarrt waren, andere ihre Rollen aufgegeben hatten. Nur noch sieben Vermummte bewachten den Eingang.

Mit ängstlichen Mienen beobachteten sie, was vor ihren Augen auf dem Rathausplatz vor sich ging.

Einer von ihnen trug plötzlich ein Megafon in der Hand und versuchte, beruhigend auf die Menge einzureden. Er verlangte, die Ruhe und Ordnung wiederherzustellen. Doch das Gegenteil war der Fall. Je mehr er auf die Menge einredete, desto heftiger waren die Reaktionen.

»Ich denke, wir können einen Sturm auf das Rathaus wagen, ey!«, schlug Achmed vor und machte sich schon wieder auf Widerspruch von Jennifer und Miriam gefasst. Doch diesmal wurde sein Vorschlag angenommen.

Sieben Wachleute waren so gut wie nichts. Und selbst wenn hinter der Tür noch zwanzig oder dreißig in Reserve standen, so konnten die mittlerweile auf Fünfhundert angewachsene Gruppe der freien Kinder mühelos und ohne größere Gewaltaktionen ins Rathaus eindringen.

Es blieb ihnen nicht mehr viel Zeit. Wenn die Erlahmung der Stadt in diesem Tempo weiter voranschritt, dann war das Spiel in Kürze abgestürzt.

Ben wollte vorher den Zentralcomputer erreicht haben.

»Also, auf zur Himbeereisattacke!«, rief er seinen Freunden zu.

Achmed lachte und reichte Kolja die Hand, was höchst selten vorkam.

»Also los, ey!«

Und dann stürmten sie los.

Befreiung

Der Sturm aufs Rathaus stellte sich als erheblich einfacher dar, als Jennifer befürchtet und Ben vermutet hatte. Es schien fast schon so, als würden die Vermummten sie einladen, das Rathaus zu besetzen, oder als hätten sie es zumindest erwartet. Sie waren so schnell durch das Tor, übers Foyer zur Treppe vorgestoßen und von dort hinauf in den ersten Stock mit den Regierungszimmern, dass Kolja plötzlich stehen blieb und schon eine Falle vermutete.

»Die führen etwas im Schilde!«, behauptete er. »Niemand lässt sich sonst so leicht überrumpeln!«

Achmed spürte ein mulmiges Gefühl in der Magengegend. Er fühlte sich wie in einem Kinofilm, in dem die tapfere Crew ein fremdes Gebäude durchsucht, Raum für Raum, nichts Böses entdeckt, und dann plötzlich schlagen die Aliens los und fressen die gesamte Crew bei lebendigem Leibe.

Statt Aliens tauchte auf dem Flur ein Junge auf, den Miriam vierzehn Jahre alt schätzte. Er trug weite Schlabbershorts, Buffalo-Schuhe mit Sportsocken, ein T-Shirt mit einem weiten, offenen Hemd darüber und eine Wollmütze auf dem Kopf. Eine Mütze dieser Art, wie Rapper sie trugen, die Jennifer aber immer eher an

Eierwärmer zu Ostern erinnerten. Sein Gesicht war pickelig, um den Hals hing ein grobgliedriges Kettchen und ein wenig bewegte er sich, als wäre er einem Musikvideoclip entsprungen.

Ben hatte keinen Zweifel, als er ihn sah: Vor ihnen stand Al-Ca.

»Nicht schlecht, Mann!«, rief Al-Ca durch den Flur. »Ihr habt's drauf, Mann!«

Jennifer zupfte Miriam leicht am Shirt. »Was ist das denn für einer?«, flüsterte sie ihr zu. Sie hatte geglaubt, schlimmer als der kindliche König konnte eigentlich kein Junge sein.

»Ihr haltet euch echt für schlau, Mann!«

»Warum sagt der immer *Mann,* ey?«, raunte Achmed Kolja zu.

Kolja antwortete nicht. Er ließ seinen Blick durch den Flur gleiten. Falltüren? Versteckte Kämpfer? Getarnte Waffen, die auf sie gerichtet waren? Er war auf alles gefasst. Entdecken konnte er allerdings nichts.

Frank schaute erwartungsvoll zu Ben. Er fand, man müsste irgendetwas sagen, aber ihm fiel auch nicht ein, was.

»Ihr denkt, dadurch, dass alle das Gleiche tun, sich ihren Aufgaben verweigern, habt ihr die Stadt lahmgelegt, Mann! Stimmt's?«, redete Al-Ca weiter.

Er zuckte merkwürdig mit den Schultern.

Es hätte Miriam nicht gewundert, wenn im Flur

gleich Musik erschallt wäre und Al-Ca angefangen hätte zu rappen.

»Und ich sage euch, ihr habt recht, Mann!«, palaverte Al-Ca weiter.

Ben zog die Stirn kraus. Er spürte etwas Unheilvolles auf sie zukommen. Wieso stellte sich Al-Ca ihnen hier so freimütig in den Weg?

»Ihr habt's geschafft, Mann. Ihr habt's echt geschafft!« Jedes Wort aus Al-Cas Mund klang wie eine Drohung. Sein Lächeln ließ einem die Adern gefrieren, sein Blick war kalt und leer. Al-Ca war gekommen, um den Untergang zu verkünden.

Und genau das tat er nun auch: »Das Spiel hat sich aufgehängt. Die Stadt wird untergehen!«

Al-Ca schaute auf seine Armbanduhr, von der man im ersten Moment nicht wusste, ob es sich bei ihr wirklich um eine Uhr oder um eine um den Arm gewickelte Süßigkeit handelte.

»Und zwar in genau fünfzig Minuten!«, grinste Al-Ca. »Euer Pech ist nur: Ihr werdet mit der Stadt untergehen. Atlantis lässt grüßen!«

Es brauchte einen Moment, ehe Al-Cas Worte bei Ben und seinen Freunden angekommen waren. Es klang so lapidar, so beiläufig, wie er es gesagt hatte, dass der brisante Inhalt beinahe unterging.

Ehe irgendjemand aus Bens Gruppe so richtig begriffen hatte, was Al-Ca ihnen gerade mitgeteilt hatte, war dieser schon verschwunden.

»Wo ist er, ey?«, fragte Achmed.

»Abgehauen!«, stellte Kolja fest. Aber wie und wohin, hatte auch er nicht mitbekommen.

Ben lief vor bis zu der Stelle, an der soeben Al-Ca noch gestanden hatte.

»Spiegel!«, erkannte er jetzt. »Al-Ca hat nicht vor, sondern hinter uns gestanden!«

»Hätten wir uns dann nicht selbst sehen müssen?«, wunderte sich Miriam.

Nachdem sie aber zu Ben aufgerückt war, erkannte sie, wie raffiniert die Spiegel angeordnet waren.

Jennifer suchte den Ort, an dem Al-Ca gestanden haben musste.

»Hier?«, fragte sie.

Kolja schüttelte den Kopf. Er konnte sie in dem Spiegel noch nicht sehen. Jennifer wechselte ihre Position schrittweise, ein wenig nach hinten, wieder vor, nach links, nach rechts.

»Jetzt!«, rief Kolja. Genau so wie Al-Ca sah er jetzt Jennifer vor sich. Sie stand nun scheinbar neben Ben und Miriam. Keiner von ihnen spiegelte sich, nur sie.

»Nicht schlecht!«, erkannte Frank an.

Jetzt, da Jennifer Al-Cas Standort ausfindig gemacht hatte, suchte sie, wie er verschwunden sein konnte, und wurde auch schnell fündig. Nur einen Schritt neben sich entdeckte sie eine Klappe in der Wand. Die Klappe eines Müllschluckers vielleicht, obwohl sie dafür zu groß erschien.

»Kommt mal her!«, rief sie den anderen zu, kniete sich vor die Klappe, öffnete sie und steckte den Kopf hindurch.

»Was siehst du? Was ist dahinter?«, fragte Kolja.

Jennifer kam wieder zum Vorschein.

»Das Labyrinth!«

Kolja nickte vielsagend mit dem Kopf.

»Das dachte ich mir!«, erklärte Kolja den anderen. »Es gibt einen Ausweg aus dem Spiel in die reale Welt durch das Labyrinth. Den habe ich damals im Level 4 auch entdeckt. Doch bevor ich dorthin kam, war das Spiel vorbei, und ich war plötzlich wieder zurück in der realen Welt!«

»Wie wir alle seinerzeit!«, erinnerte sich Frank.

»Dann lass uns doch abhauen, ey!«, schlug Achmed vor. »Wir haben nicht mehr viel Zeit, bis wir hier am Ende sind. Kolja kennt den Weg. Also los, ey!«

»Und die anderen?«, bremste Miriam ihn.

»Welche anderen, ey?«, fragte Achmed. Dann fiel es ihm selbst ein.

Miriam dachte nicht nur an Thomas und Norbert, an Max und Kathrin. Sie dachte an all die anderen in der Stadt der Kinder. Hunderte!

Sie konnten sich nicht aus dem Staub machen und all die vielen Kinder mit dem Spiel in dieser Stadt untergehen lassen. Sie konnten aber auch nicht mit all den vielen Kindern durchs Labyrinth fliehen. Dafür war die Zeit zu knapp.

»Unmöglich!«, glaubte auch Ben. »Ehe wir alle versammelt haben, ist das Spiel zu Ende. Die Stadt geht unter, lange bevor die Letzten im Labyrinth angekommen sind!«

»Dann muss es noch eine andere Möglichkeit geben!«, rief Jennifer in die Runde. Sie drückte damit mehr eine verzweifelte Hoffnung aus, als dass sie selbst daran geglaubt hätte, geschweige denn, eine Idee gehabt hätte. »Es kann ...« Sie musste eine Pause einlegen, um nicht in unverständliches Schluchzen abzugleiten. Sie fing sich wieder ein wenig. »Es kann doch nicht angehen, dass wir hier untergehen!«

»Wir werden nicht untergehen!«, verkündete Miriam entschlossen.

Erwartungsvoll sahen ihre Freunde sie an.

Miriam blickte ratlos zurück. »Glotzt mich nicht so an. Ich hab auch keine Idee. Aber wir haben immerhin noch ...«

»Dreiundvierzig Minuten!«, stellte Ben nüchtern fest.

»Und die sollten wir nutzen!«, entschied Miriam.

Zurück zu Level 4

Wenn Al-Ca so exakt das Ende des Spieles vorhersagte und so siegesgewiss verschwand, konnte die Lösung des Problems nur in seinem Computer liegen. Diese Theorie von Ben leuchtete den anderen unmittelbar ein. Es galt also, so schnell wie möglich die zentrale Schaltstelle der Vermummten zu finden und zu schauen, ob sich hier irgendetwas machen ließ, das Ende des Spieles und damit den Untergang der Stadt zu stoppen.

»Von wo kam er?«, fragte Ben.

»Von dort!«, war Kolja sich sicher und zeigte auf eine Tür. Aber er irrte sich. Kolja hatte dorthin gezeigt, wo sie Al-Ca gesehen hatten. Inzwischen wussten sie aber, dass er hinter ihnen gestanden hatte.

»Vielleicht ist er nicht nur ins Labyrinth verschwunden, sondern von dort auch gekommen?«, warf Jennifer ein.

Ben schüttelte den Kopf: »Dann hätte er das Rathaus nicht erobern müssen!«

»Er hat das Rathaus *erobert*?«, fragte Kolja.

Frank lachte auf. »*Du* hast es für ihn erobert!«

Aber daran konnte Kolja sich nicht erinnern, weil er zu dem Zeitpunkt als Computerfigur tätig gewesen war. Ein wenig ärgerte es ihn, dass er sich an eine solche Tat nicht erinnern konnte.

»Der zentrale Computer muss sich also hier im Rathaus befinden!«, glaubte Ben.

»Dort hinten ist das Zimmer, in dem der Goldene Computer stand!«, erinnerte sich Miriam. »Das Zimmer des Bürgermeisters!«

Ben nickte. »Schauen wir nach!«

Kolja stoppte ihn mit einer Handbewegung. Wenn sich hinter der Tür die zentrale Schaltstelle der Vermummten befand, dann gab es auch Wachen, war er sich sicher. Mit einem seitlichen Kopfnicken bat er Achmed und Frank um Hilfe.

Frank nickte ihm zu, Achmed krempelte die Ärmel auf und ließ die Knochen seiner Finger knacken. Er war bereit für eine Klopperei.

Kolja und Achmed stellten sich links und rechts von der Tür auf, mit dem Rücken zur Wand, wie sie es hundertmal in Fernsehkrimis gesehen hatten.

Kopfnicken.

Frank sprang hoch und trat mit geschultem Bewegungsablauf gegen das Türschloss.

Die Tür sprang auf. Das Büro war leer.

Auf dem Schreibtisch stand ein Computer. Nicht golden wie beim ersten Mal, als sie sich aus dem Level 4 befreiten. Diesmal gläsern. Aus dem Inneren schimmerte blaues Licht.

»Sieht stark aus, ey!«, fand Achmed.

Jennifer stieß ihm in die Seite. »Wir haben Wichtigeres zu tun!«

Sie sah auf die Uhr. Ihnen blieben nur noch 39 Minuten. Ben setzte sich an den PC, der bereits angeschaltet war. Auf dem Bildschirm war nichts zu sehen außer einer kleinen Zigarre, die sich drehte.

»Er ist eben ein Al-Capone-Fan!«, kommentierte Ben und klickte auf die Zigarre.

Zu seiner Überraschung geschah nichts. »Mist!«

Jennifer sah ihren Freund erschrocken an. Wenn Ben an einem Computer nicht weiterwusste, dann gab es kaum noch Hoffnung.

»Was ist?«, fragte sie, obwohl sie ja selbst sah, dass sich auf dem Bildschirm nichts tat.

»Es ist gesichert!«, antwortete Ben. »Vermutlich mit einem Passwort, obwohl ich nicht erkennen kann, wo man hier ein Passwort eingeben sollte!«

»Das können wir knicken!«, unkte Frank schon.

Miriam drängte ihn und auch Achmed und Kolja, die Ben über die Schulter schauten, beiseite.

»Vielleicht muss man das Passwort unsichtbar eingeben?«, schlug sie vor.

Ben wog bedächtig den Kopf. »Könnte sein. Dann müssten wir aber immer noch wissen, wie das Passwort heißen könnte!«

»Oh, ätzend, ey!«, fand Achmed. »Wie sollen wir denn ein Passwort erraten? Da gibt es doch tausend Möglichkeiten!«

Ben lachte auf. »Das wäre schön! Es gibt Milliarden Möglichkeiten. Billionen. Unendlich viele!«

»Danke, dass du uns so viel Mut machst!«, schimpfte Miriam.

»Noch 38 Minuten!«, verkündete Jennifer.

»Vielleicht muss man sie anzünden!«, sagte Miriam plötzlich und löste damit allgemeine Verwunderung aus.

»Die Zigarre!« Miriam zeigte auf den Bildschirm. »Sie brennt nicht. Eine Zigarre muss man rauchen. Zünde sie mal an!«

»Wie denn?«, fragte Ben. Auf dem Monitor war nichts zu sehen, was wie ein Feuerzeug oder ein Streichholz ausgesehen hätte. Das Bild war schwarz und darauf drehte sich eine braune Zigarre. Das war's.

»Mit Feuer!«, antwortete Miriam.

»Ach!«, meckerte Ben. »Und woher nehmen?«

»Eingeben!« Miriam bevorzugte immer die praktischsten Lösungen. Sie schubste Ben ein wenig beiseite, tippte das Wort Feuer, obwohl man es auf dem Schirm nicht sehen konnte, und . . .

. . . prompt entzündete sich die Zigarre, brannte in zwei Sekunden ab, verschwand, und auf dem Bildschirm erschienen hundert kleine Fenster, fein säuberlich nebeneinander aufgereiht.

»Du hast es geschafft!«, schrie Ben überschwänglich. »Das war das Passwort! Ich glaube es nicht!«

Miriam grinste. »Mit Krimis kenne ich mich eben aus!«

Jennifer umarmte Miriam. Frank wich sogleich zwei Schritte zurück, weil er schon wieder einen Kuss von Miriam befürchtete.

Frank sah auf die Uhr. »Noch 36 Minuten!«

Ben betrachtete sich den Bildschirm genau. Auf den klitzekleinen virtuellen Fenstern war kaum etwas zu erkennen. Durch Anklicken konnte man die einzelnen Fenster vergrößern. Das erste Fenster zeigte den Rathausplatz der Stadt. Das zweite den Eingang vom Zoo. Das dritte das Einkaufszentrum.

»Das sind Überwachungskameras!«, stellte Ben fest.

»Das wäre was für Thomas!«, wusste Frank. »Man sitzt hier und hat die gesamte Stadt im Blick!«

»Big Brother!«, lautete Jennifers Kommentar.

»Die Fernsehsendung?«, wunderte sich Achmed.

»George Orwell!«, korrigierte Jennifer, während Ben auf dem Monitor drei Fenster entdeckte, die mit roten Kreuzen durchgestrichen waren.

Ben klickte auch diese an. Auf dem Bildschirm erschienen drei Standbilder, von der Schule, dem Museum und der Bibliothek.

»Warum sind gerade dort die Kameras deaktiviert, ey?«, fragte sich Achmed.

Niemand antwortete. Sie warteten, dass Ben die deaktivierten Fenster schloss und neue öffnete. Obwohl sie auch das nicht weiterbringen würde. Auf den hundert Fenstern war eben zusammengenommen die gesamte Stadt zu sehen. Es war eine richtige Schaltzentrale. Nur: Wo schaltete man? Wo und wie konnte man die Figuren manipulieren? Vor allem: Wie sollte man das Ende des Spieles und den Untergang der Stadt aufhalten? Ihnen blieben nur noch 32 Minuten.

»Ich glaube nicht, dass die Kameras deaktiviert sind«, sagte Ben schließlich. »Sondern Schule, Museum und Bibliothek wurden im Spiel deaktiviert!«

»Ja!«, drängelte Miriam. »Das wissen wir schon. Al-Ca und der König sind Kulturbanausen, haben nicht an die Schule und so weiter gedacht und . . .«

»Falsch!«, entgegnete Ben. »Sie haben sie nicht vergessen, sondern bewusst deaktiviert! Das ist ein Unterschied!«

»Aha, und welcher?«

»Deshalb sind wir vielleicht in der Schule in diese ›Stadt der Kinder‹ hineingerutscht, aber hinterher tauchte sie im Spielmodus nicht mehr auf«, vermutete Ben.

Jennifer zog die Stirn kraus und biss sich auf die Lippen. »Und in der ›Stadt der Kinder‹ war plötzlich alles anders, als wir es vom ersten Mal gewohnt waren.«

»Die Kinder nahmen die Dinge nicht selbst in die Hand, sondern wurden manipuliert, waren Spielfiguren!«, ergänzte Miriam.

»Das neue Level 4.2 hat sich verselbstständigt, wurde zum bestimmenden Teil der Stadt. Die alten Regeln von Level 4, die Stadt selbst zu gestalten, galten nicht mehr!«, überlegte Ben weiter.

»Weil die Voraussetzungen fehlten!« Jennifer schnipste mit dem Finger. »Voraussetzung, eine Stadt zu leiten und zu organisieren, selbstverantwortlich zu handeln und Entscheidungen zu treffen, ist Wissen!«

»Ich weiß nichts, macht nichts, ey!«, quasselte Achmed dazwischen.

Miriam boxte ihm auf den Arm. »Pst!« Sie folgte weiter Jennifers Gedankengang.

»Wenn man also die Orte der Wissensvermittlung ausschließt – deaktiviert –, dann ...«

». . . lässt sich das Level 4 nicht mehr spielen, die Masterfunktionen springen über in die Nische Level 4.2, von wo aus die Stadt regiert, besser gesagt: beherrscht werden kann!«, führte Ben Jennifers Idee weiter. »Mann, genau das haben der König und Al-Ca getan!«

»Schön, schön!«, rief Frank dazwischen. »Und nun? Ich meine: Führt uns das weiter? Wie kommen wir hier heraus? Wir haben jetzt nur noch ...«

Er sah auf die Uhr.

Die Antwort gab Kolja: »30 Minuten!«

»Wir müssen die Schule, das Museum und die Bibliothek aktivieren!«, war Ben sich sicher. »Dann kehren wir zurück ins Level 4. Dort brauchen wir – wie damals – dem Spiel nur vorzugaukeln, alle Einwohner der Stadt wären älter als fünfzehn. Damit katapultiert uns das Programm selbsttätig zurück in die reale Welt!«

»Super!«, freute sich Frank. »Dann mach mal!«

»Hä?«, machte Ben.

»Die Schule, das Museum und die Bibliothek!«, drängte Frank. »Aktiviere sie. Damit wir hier rauskommen!«

Achmed nickte und auch Kolja sah es so. Wo war das Problem?

»Los, klick drauf!«, forderte auch Miriam.

»Doppelklick!«, schlug Jennifer vor.

»Das geht nicht!«, widersprach Ben. Er dachte, seine Freunde hätten es begriffen. »Die Schule, das Museum und die Bibliothek müssen wirklich aktiviert werden! Real!«

»Was heißt das, ey?«

»In der Schule muss Unterricht stattfinden, die Bibliothek geöffnet werden und das Museum hergerichtet! Bis hier die Kreuze verschwinden!«, erklärte Ben.

»Nein!«, schrie Miriam. »Das glaube ich nicht!«

»In dreißig Minuten?«, fragte Jennifer laut. Niemals konnten sie das schaffen.

»Kinder als Lehrer, ey!«, jammerte Achmed. »Ich habe geahnt, dass das krasse Spiel darauf hinausläuft. Von Anfang an habe ich das geahnt!«

»Wir haben keine andere Chance!«, rief Kolja in die Runde. »Die Zeit?«

»Noch 29 Minuten und 30 Sekunden!«, antwortete Ben, denn auf seinem PC hatte er unten rechts in der Taskleiste eine Uhr entdeckt, die die Zeit hinunterzählte.

Countdown

»In 29 Minuten schaffen wir es gerade mal, bis zur Schule zu kommen!« Frank raufte sich die Haare. Er dachte an Schnecken wie Thomas, mit denen es noch länger dauern würde. Nervös sah er wieder zur Uhr.

Jennifer allerdings erinnerte sich an einen schnelleren Weg. Damals waren sie unverhofft nur durch eine Nebentür direkt von der Schule ins Rathaus geraten. In einem Computerspiel war es eben möglich, direkt von einem Schauplatz in den nächsten zu springen. Und da sie noch wusste, wo sie damals im Rathaus herausgekommen war, war auch klar, wie es zurück in die Schule ging.

»Durch diese Tür!«, zeigte Jennifer.

»Schnell, schnell!«, rief Miriam. »Trommelt alle zusammen!«

»Nicht alle!«, korrigierte Ben. »20 genügen. Ich denke, es reicht, eine funktionstüchtige Klasse zu haben, um die Schule zu aktivieren. Die andern brauchen wir für das Museum und die Bibliothek.«

Kolja und Achmed rannten los, um von den Kindern, die sich noch im Foyer des Rathauses aufhielten, durch die Gänge tobten und draußen auf dem Rathausplatz standen, 20 zusammenzuholen, ihnen die Lage der Dinge zu erklären und sie durch die Tür in die Schule zu schicken.

Miriam hatte sich bereit erklärt, die Lehrerin zu spielen. Ungeduldig wartete sie an der Tür auf ihre neuen »Schüler«.

Jennifer wollte die Bibliothek übernehmen und Thomas hatten sie für das Museum auserkoren, womit er ja gewissermaßen schon begonnen hatte, bevor der Überfall stattgefunden hatte.

Ben blieb an der Schaltzentrale sitzen.

Frank sammelte von anderen Kindern Handys ein, um sie an Miriam, Jennifer und schließlich Thomas zu verteilen, um eine Koordination herstellen zu können.

Kolja wollte Thomas begleiten. Ohne einen, der ihm Druck machte, wäre Thomas zu langsam, war Kolja überzeugt.

»Noch 26 Minuten!«, gab Ben Miriam mit auf den Weg, als alle 20 Schüler bereit vor der Tür standen.

»Also los!«, rief Miriam ihnen zu und sie verschwanden einer nach dem anderen durch die Tür.

Gleichzeitig machte sich Kolja mit Thomas auf den Weg.

»Hast du schon einen Plan, wie wir das Museum in Schwung bringen?«, fragte er.

Thomas zuckte nur mit den Schultern. »Erst mal müssen wir dort sein!«

»Dann nehmen wir uns noch zehn Leute mit!«, entschied Kolja. Norbert, Max, Kathrin und noch sieben andere erklärten sich bereit.

Kolja dirigierte alle in einen Bus, setzte sich selbst ans Steuer und raste mit quietschenden Reifen los.

Blieb noch die Bibliothek. Sie war zu weit entfernt. Jennifer konnte kein Auto fahren.

»Soll ich, ey?«

Was blieb Jennifer anderes übrig, als zuzustimmen?

Kaum saßen sie im Wagen, da merkte Jennifer, dass auch Achmed kein Auto fahren konnte.

Er startete, gab Gas. Der Wagen stotterte, holperte und soff ab.

»Mist, ey!«

Jennifer sah auf die Uhr. »23 Minuten. Mach hin!«

»Dann hat die Bibliothek eben heute geschlossen, ey!«, schlug Achmed vor. »Geht das nicht? Die hat doch im wirklichen Leben auch ständig geschlossen, ey!«

»Starte und fahr los!« Jennifer war nicht bereit, sich auf weitere Debatten einzulassen. Nie hätte sie geglaubt, dass die Öffnung einer Bibliothek einmal so existenziell wichtig sein würde.

Achmed startete, gab Vollgas, ließ die Kupplung kommen. Die Riefen quietschten. Der Wagen sauste los – und krachte ins Heck des Busses, den Kolja gerade vorbeifuhr.

Kolja bremste, sprang aus dem Bus und schrie Achmed an: »Hast du sie nicht mehr alle, du bescheuerter Kameltreiber?«

»Rassist, ey!«, pöbelte Achmed zurück.

Gerade wollten die beiden aufeinander losgehen. Doch Jennifer sprang dazwischen.

»Aufhören! Sofort aufhören! Wir haben noch 21 Minuten. Los jetzt. Los!«

Kolja und Achmed gingen auseinander, Achmed stieg in die zerbeulte Limousine, Kolja in den Bus, dessen hintere linke Seite nun große Dellen aufwies.

Ben sah alles per Kamera mit an, fasste sich an den Kopf und stöhnte laut.

Frank rief Miriam an. »Wie sieht es bei dir aus, Miriam?«

»Störe nicht den Unterricht!«, kam die Antwort.

Frank schmunzelte.

Und auf Bens Monitor verschwand das rote Kreuz vom Fenster der Schulkamera.

Ben vergrößerte das Fenster und konnte beobachten, wie Miriam Unterricht machte.

Die zwanzig Kinder nörgelten. Sie hatten geglaubt, sie müssten Schule nur spielen, nur so tun, als ob die Schule funktionierte. Doch Miriam ging kein Risiko ein und zog die Schulstunde derart forsch durch, wie sie selbst es von einem ihrer Lehrer niemals gesehen hatte. Weil sie selbst in Mathe und anderen naturwissenschaftlichen Fächern nicht besonders gut war und auch ihre Englischkenntnisse nicht ausreichten, um anderen etwas beizubringen, hatte Miriam zum großen Spaß von Ben und Frank kurzerhand »Sexualkunde« auf den Lehrplan gesetzt, in der Hoffnung, das blöde Computerprogramm würde auch das als ausreichende Bildungsmaßnahme akzeptieren. Was es tatsächlich auch tat.

»Die Schule ist gebongt!«, jubelte Ben. »Sie ist im Spiel.«

Noch 16 Minuten blieben, als Kolja, Thomas und die anderen das Museum erreichten. Zwei Minuten später kamen Achmed und Jennifer in der Bibliothek an, die verschlossen war.

»Fahr zu!«, forderte Jennifer.

»Wie *fahr zu?*«

»Gib Gas!«

»Da ist 'ne Wand vor uns, ey! Bist du krass oder wie?«

»Das ist keine Wand, das ist eine Glastür. Die Bibliothek hat geschlossen und wir müssen sie öffnen. Gib Gas!«

»Ey, ich kann doch nicht . . . !«

»Fahr!«, herrschte Jennifer ihn an.

Achmed schüttelte den Kopf und drückte das Gaspedal bis zum Anschlag. »Krass,ey!«, schrie er.

Das Auto krachte durch die Glastür, die Airbags pusteten sich auf, der Wagen kam kurz vor dem Ausleihtresen zum Stehen. Jennifer sprang aus dem Wagen heraus und rief: »Die Bibliothek hat geöffnet. Los, sag es allen. Wir brauchen sofort welche, die sich Bücher ausleihen!«

»Ey, meinst du nicht, die Kinder da draußen haben nichts Besseres zu tun, als . . . ?«

»Tu es!«, befahl Jennifer. »Sofort!«

Ein Blick auf die Uhr verriet ihr, dass sie noch elf Minuten hatten. Elf Minuten, damit einige Kinder kamen, sich Bücher aussuchten und sich ausliehen.

Auf Bens Bildschirm war ein Strich des Kreuzes verschwunden, der andere aber noch sichtbar. Noch war die Bibliothek nicht aktiviert.

»Los, Beeilung!«, flüsterte er vor sich hin, trommelte nervös auf die Schreibtischplatte. Schließlich musste er das Level 4 noch umprogrammieren. Auch dazu würde er mindestens vier bis fünf Minuten benötigen.

Im Museum tat sich noch gar nichts. Thomas durchschritt das Foyer des Museums, blieb stehen und sah sich um. Was für ein Chaos!

Die Bilder baumelten schräg von den Wänden oder waren bereits ganz abgefallen. Das ganze Foyer lag noch voller Stroh, das Norbert mit seinen Wagen verloren hatte. Die Kanone hing noch halb aus zerborstenen Glasfenstern, über den Boden kullerten Perlen, Stoffreste lagen auf den Treppen, Kleidung der Kinder lag ebenso überall herum wie Essenreste, Coladosen und jede Menge anderer Müll. Die Übernachtung und die Schlacht hatten ihre Spuren hinterlassen.

»Nie und nimmer bekommen wir das in zehn Minuten aufgeräumt!«, war Kolja sich sicher. »Das können wir abhaken!«

»Wer spricht von aufräumen?«, entgegnete Thomas. »Von Eröffnung war die Rede, nicht von aufräumen!«

Kolja wunderte sich, wie Thomas angesichts der dramatischen Situation so ruhig bleiben konnte. Aber zehn Minuten schienen für ihn wohl eine Ewigkeit zu sein. Obwohl doch gerade er wissen musste, wie wenig er in zehn Minuten zustande brachte.

»Trommle draußen alle Kinder zusammen, die du finden kannst«, bat Thomas in aller Seelenruhe.

»Du hast eine Idee?«, fragte Kolja.

»Wollen wir es hoffen!«, antwortete Thomas.

»Im Museum passiert nichts!«, blökte Ben den Monitor an. »Mann, Thomas, komm in die Strümpfe!«

»Nur noch sieben Minuten!«, erinnerte Frank, obwohl Ben die Zeit sehr genau im Blick hatte.

Die Schule lief nach wie vor.

In der Bibliothek streiften die ersten Kinder durch die Regale und schauten sich um.

»Nehmt irgendwas!«, fuhr Jennifer sie an.

Doch so einfach war das nicht.

»Pöh!«, wehrte sich ein Mädchen. »Ich lese doch nicht jeden Schrott. Hier: Science-Fiction, das interessiert mich nicht die Bohne!«

Jennifer war kurz davor, auszurasten. »Das geht dich mehr an, als du ahnst. Was glaubst du, weshalb alle Erwachsenen weg sind und wo du dich gerade befindest?«

Das Mädchen ließ sich nicht aus der Ruhe bringen, legte ein Pferdebuch beiseite und begann, in einem Liebesroman zu blättern.

Jennifer versuchte ihr Glück bei einem Jungen. »Du magst doch Science-Fiction, oder?«

»Klar!«, strahlte der Junge. »Aber das kenne ich alles schon!«

Jennifer fasste sich an den Kopf. »Und du?«, fragte sie den Dritten.

»Ich lese keine Bücher!«, behauptete der stolz.

»Aha!«, machte Jennifer, griff ein Vampirbuch aus dem Regal, presste es dem Jungen gegen die Brust und zischte ihn an: »Ausleihen! Lesen!«

»Wieso?«, meckerte der Junge.

»Weil du sonst nichts mehr über Vampire lesen musst. Ich werde dir nämlich höchstpersönlich das Blut aus den Adern saugen!«, giftete sie den Jungen an.

Das überzeugte den Jungen und er lieh sich das Buch aus.

»Geht doch!«, freute sich Jennifer.

»Geht doch!«, rief auch Ben, als er sah, wie das Kreuz verschwand.

»Die Bibliothek ist aktiviert!«

Fehlte nur noch das Museum, vor dem sich gerade dreißig Kinder versammelten.

Nur noch fünf Minuten!

»O Mann!«, stöhnte Ben. »Ich schaffe die Umprogrammierung nicht mehr, wenn Thomas sich nicht endlich beeilt!«

»Wie soll er das denn machen?«, fragte sich Frank.

Thomas war die Ruhe selbst. »Verlorenes und Gefundenes!«, rief er den Versammelten zu. »Von den einen einst fortgeworfen, als wertlos eingestuft und achtlos liegen gelassen, von anderen Jahre, Jahrzehnte oder erst Jahrhunderte später wiederentdeckt, aufgehoben, gesammelt, gepflegt, katalogisiert und ausgestellt, damit auch wir – liebe Anwesende . . .«

Kolja trat von einem Bein aufs andere. Die Sekunden verrannen und Thomas hatte nichts Besseres zu tun, als eine Ansprache zu halten.

Nur noch vier Minuten und fünfundvierzig Sekunden.

». . . Zeugen werden vergangener Tage, eine Vorstellung bekommen vom Leben vor unserer Generation, der unserer Väter, Großväter und Urgroßväter . . .«

». . . und Großmütter«, kam ein Zwischenruf.

»Mann, sülz hier nicht rum!«, zischte Kolja leise.

»Aber wer will entscheiden . . .«, führte Thomas fort.

»Vier Minuten!« Ben ließ sich resigniert gegen die Lehne fallen. »Ich hab's befürchtet: Thomas schafft es nicht!«

»Und Kolja ist zu dämlich!«, ergänzte Frank. »Dem fällt auch nichts ein.«

». . . was aufhebenswert ist und was nicht«, redete Thomas weiter auf die Versammelten ein. »Immer nur die Professoren? Nein! Wir, die nachfolgende Generation selbst, sollen nun am Zuge sein, unsere Museen selbst zu gestalten!«

»Ich weiß nicht, was er vorhat!«, jammerte Kolja ins

Handy. Frank hörte ihm zu. »Er labert und labert und labert!«

»Deswegen haben wir nun geladen zum Tag der offenen Tür. Im ganzen Haus verstreut findet ihr wertvolle und scheinbar weniger wertvolle Fundsachen. Seht sie euch an, prüft sie, schätzt sie und entscheidet, was dem Museum erhalten bleiben und was dem Müll zugeführt werden soll. Heute seid ihr alle Museumsdirektoren!«, rief Thomas in die Menge, holte sich den entsprechenden Beifall ab, ging einen Schritt beiseite und ließ die Kinder an sich vorbeilaufen, die sich auf die Trümmer des Museums stürzten, um jede einzelne Scherbe wie ein archäologisches Fundstück zu begutachten.

»Was hast du gemacht?«, fragte Kolja.

»Museumspädagogische Arbeit!«, lachte Thomas ihn an. »Wer würde sich wohl besser mit Fundsachen auskennen als ich?«

»Es funktioniert!«, schrie Ben. »Es funktioniert!«

Das Kreuz über dem Museum verschwand. Es war aktiviert. Wie Ben gehofft hatte, kehrte das Spiel ins Level 4 zurück.

Frank warf einen Blick auf die Uhr.

»Dir bleiben noch zwei Minuten!«

Bens Finger jagten über die Tasten. Vom ersten Mal wusste er, was er zu tun hatte, um das Programm zu überlisten.

»Null!«, rief Frank plötzlich. »Die Zeit ist um. Was ist? Hast du's geschafft? Gehen wir unter?«

Er drehte sich um, wartete darauf, dass die Wände einstürzten oder irgendetwas anderes Schreckliches passieren würde.

Aber es passierte nichts. Nur die Tür ging auf. Herein kam eine Putzfrau. Eine erwachsene Putzfrau.

»Wat macht ihr denn hier?«, fragte sie. »Det is det Zimmer vom Bürjermeester!«

Frank rannte auf die Frau zu, warf sich ihr an den Hals und drückte ihr einen riesigen Schmatzer auf den Mund.

Wenn das Miriam gesehen hätte. ☒